次世代・仲間たちへの伝言

田中 信孝

にじゅういち出版

― はじめに ―

古希を迎え今日までの生き様と今後、どのように生きて行くかという事を考える年頃となって来た。人生八〇年といわれて久しいが、最近では一〇〇年といわれるようになり、健康・労働・年金も含め、生涯貯蓄あるいは何を目的として生きて行くかという議論も国会、報道、娯楽番組、巷でも耳にする機会が多くなってきたと思う。

一般のサラリーマン、公務員、外郭団体の人は制度的に定年制というものがあり年令が決められている。これらの人々も定年の延長という傾向下にあるものの、いずれは訪れることになっている。反面、我々職業自由人は、自分で事業を興している者であるので定年という概念はない。したがって、場合によっては私の周囲にも八〇歳、九〇歳になっても開業している医者、弁護士、税理士等の資格者は多い。そこで我々は、自分の定年の区切りをどこでつけるかということを自分で決めなければならないという試練がある。

私も古希を境にその後、どのような将来のライフワークの計画を立てて行くべきかを常々考えてきていたように思う。ただ現実に七〇歳を過ぎても、体力・生活様式の変化がないため、何の具体的な将来の設計というものが見つからなかった。例えばよく耳にすることであるが、定年を過ぎればゆっくりと人生を送りたいという人、あるいは今までの趣味を生かした仕事をしたいという人、また自然の多い田舎に妻と一緒に自農自作による生活がしたいという人もいる。

中には年金で細々とした生活でも良いという人もいるだろうし、最近は特にパチンコ店に行けば老夫婦あるいは一人身になった老人が多いのに驚かされることがある。

私は、特にこれといった趣味はないが、そこそこ人並みにやることはやってきたと思っている。ただ、若い頃から一人ではなく大勢の人が集まって雑談したり、意見を交して楽しむといったことが性に合っていたように思える。もう二〇年程前から、総勢二〇～二五人程度の人が任意に集まって食事会（新年会、忘年会等）を行ったり、カラオケ大会をしたり、竹の子掘りに行ったり、ブドウ狩りに行ったりしている仲間がいる。さらに小旅行、あるいは仲間の提案により国鉄電車（すでにＪＲ化している）を利用しある駅で降り、そこから次の駅まで皆で遠足をするといった大変おもしろい計画なんかもして楽しんできた。

もちろん昼の弁当は持参で夜は宴会となる。このような行事を皆でやって来たが、これだけでは何か物足りないという意見がでてきた。そこで、皆の意見を集約して二ヶ月に一回は勉強会をしようということが決った。講師は仲間の中から選んで順送りで行うことになった。さらに小旅行だけでなく海外旅行はどうかという意見もあり、約一〇年程前から二ヶ月に一回は勉強会、一年に一回は海外旅行というのが定番になってしまった。

多少の仲間の入れ替わりもあるが、本当に楽しい仲間（構成は男性一五人前後、女性は一〇人前後）なので、強制はしないがほとんどが毎回全員出席となっている。

この仲間との楽しい会話、出来事を何らかの方法で残したい、誰かに伝えたいという気持ちもあって、その仲間の中から数名が加わり、単行本にしようということになった訳である。したがって、各々の自叙伝的なもの、エッセイ的なものであるので、参考文献とか引用文献といったものはまったくないということを付言しておきたい。

日本中ではあちこちで、このような小グループの楽しい話題がいくらでもあると思う。そのようなエピソードを表現することによって、楽しい充実のある生活をしたいし、味わってもらいたい。またいつかどこかで、皆様の生活の中の一つとしての話題となって、議論をしていただける機会があれば誠に幸いだと感じております。

目次

目次

目　次

第一章　面白い話

あんぽんたん！

今から約四〇年程前、私は北九州市内で小さな事務所を開設し仕事を始めた。

事務所を開業したばかりなので、得意先なんかはまったくなく、知り合いから人を紹介してもらう日が続いていた。

私の仕事は国、地方公共団体、各種団体の仕事が多いため、同業者は開業すれば我先にと一番に県・市役所等に挨拶回りをするのが常道であるが、私は民間企業から回ることにしていた。知人の紹介、突然の訪問を試み、毎日今までに知らなかった人と五人は会って自分の仕事を知ってもらうという目標を持って頑張って来た。

ある日も知人から、君の大学の先輩で立派な人が門司港に居るのでぜひ紹介をしてやろうと言うことになって、二人で門司港駅近くにある大きなビルを訪ねて行った。

そこは海上保安庁の出先機関であり、そこで所長をしていた人を紹介してくれたが、受付からその所長に会うまでにいろいろな手続きがあり、かなりの時間を費《つい》やした。

大きな応接室に通され緊張したおももちで待っていたら、奥の部屋から初老の紳士が出てきて、私の友人に久しぶりと言って椅子にゆっくり座った。第一印象は、小太りで頭の方がかなり薄くなっており、穏和な感じの親しみやすい雰囲気の人であったので緊張感もすぐにほぐれた。

「君がT君か、若いのによく頑張って来たな」と言って、私の過去を知っていたかのように話されたので、話は意外とスムーズに運ぶことができた。名刺が交換できたので、その先輩は私の名刺を見ながら小倉に事務所があることを確認して、「私はいつも電車で通勤しているが、小倉駅でバスに乗り換えて自宅まで帰っている。夏の時期は暑いし、日も長く、仕事が終わってもまだ明るくて家に帰っても何もすることがない。小倉駅で降りたら自然に足が向き、つい行きつけの店へちょっと寄ってしまう。ところで君はお酒は少しは飲めるんかね」と聞かれた。私はほとんど飲めないことを話すと、「それはいかんな！　少しぐらいは飲めないと人付き合いするのは難しいな」と言いながら、今度私が行っている店に連れて行ってやろうということになった。私はこのような立派な人と付き合うことになれば、色んな人を紹介してもらえるものと思い、「よろしくお願いします」と言ってその場は退散することとなった。それからは何回か電話が掛ってきて話しをしていたが、ある日、「T君、今日はどうかね」と電話が掛って来たので、「はい、よろしくお願いします」と言って付いて行った。

まだ午後の六時頃だったので太陽の日差しが眩しく、その店に入ったら客は誰も居なくて私たち二人だけだった。カウンターだけの店で、一〇人も入れるだろうかと思われるくらい狭い店で、カウンターの中に七〇歳前後の女将さんが一人で居て、抓物の用意をしていた。「あら！　今日は早いのね」と言ってキープしている焼酎をコップに注いで、私に、「お客さんは何にする」と言われたのでビールをいただくことにした。この店の名前が〝あんぽんたん〟という名称であった。この店の名前の謂れは聞いたような思いもあるが定かでない。女将さんが、「私があんぽんたんだし、このような名前を付けておけば皆さん、すぐに覚えてくれるんじゃないかと思って付けたんよ」と言ったが、先輩が、この女将があんぽんたんやさかい付けたんだと言ったかは定かではない。

当時はカラオケなんかほとんどなく、ただただ女将さんと世間話をするのが常であり、常連客同士がお互いに言いたいことを言って会話を楽しむといった類の店である。私は三二歳になったばかりの若僧であるので、少し話しについて行くのがやっとのことであったが、面白くも楽しくもあり、いい雰囲気の店であった。先輩はよくこの店で一時間か一時間半ぐらい心を癒《いや》して帰っているんだなあと思った。

その後、その先輩は私を可愛がってくれて、仕事の帰りに私の事務所にちょいちょい立ち寄るようになった。いろいろな経験、成功談・失敗談、さらに大学、会社の話をしてくれ、後々、私にとっては大変貴重な財産となったと思っている。

ある日、「T君！　私は新年度から福岡に転勤になった」と言って事務所に来てくれた。「福岡だから新幹線で約二〇分で、門司港駅に行くのとそう替わりはないから、今まで通り自宅から通勤する事にした。またあの〝あんぽんたん〟にも行けるしな」ということであった。

　この店の常連客は公務員が多く、少し時間が遅くなればサラリーマンも多くなってくるが、大部分が初老といった年齢層で、若いサラリーマンはほとんど来ることはないという。

　中には女性もたまにには来るようであるが、その時は大人気となり多いに盛り上がるそうである。

　福岡市にある事務所に勤めるようになって三ヶ月くらい経ったと思うが、先輩が勤めの帰りに私の事務所に立ち寄って来た。そこで、「T君、この間大変な事があって相当叱られて本当にまいったよ！　今までこんなに叱られた事なんかは、親からでも上司からでもあったことはないよ」と言うのである。「どうしたんですか」と尋ねたら、北九州市の事務所に勤めている時は、いつも〝あんぽんたん〟に行く時には前もって電話をしていたらしい。五時前に電話をして、今日行くからねと言っておくと予約をしたようなものらしい。

　そこで福岡で仕事が終ったから、久し振りに〝あんぽんたん〟に寄って飲んで帰ろうとして五時前に電話をしたら、いつも女将が出るのにその日は男性が出たらしい。あれ？　これはちょっと間違ったかなと思ったそうであるが、いつもの調子で「もしもし、〝あんぽんたん〟ですか」と言ったら「何？」と男性の怒るような声がした。それでもまだ気が付かず、「ええっ！

お宅〝あんぽんたん〟でしょう！」と言ったら、「何を言っとるんか」と怒鳴られたらしい。そこでさらに追い打ちをかけて、「いや！〝あんぽんたん〟とちがいますか」と聞いたら、「何を考えとるんか！　お前があんぽんたんや」と言って電話をガチャンと切られたというのである。それは電話の局番が福岡市は〇九二であるので、北九州市へ電話を掛けるには〇九三を回さないと福岡市の電話番号となり、たまたまこの男性の家に掛ったらしい。

この先輩の話し方が何ともおもしろくそれを事務所で聞いて、事務職員もみんなで大笑いしたという話である。このようなことは日本中どこでもありそうな気がしている。

それは詐欺じゃ

私は、もう北九州で事務所を開設して約四二年になる。その間、仕事は一生懸命頑張って来たつもりであり、仕事に纏《まつ》わる相談等は多種多様である。専門以外の相談、願い、ボランティア的な事もあり、その都度こなしてきたつもりでいる。例えば子供の進路問題、本人自身・知り合いの離婚問題、宗教関係で騙された、人に土地を貸していたら知らない間に家が建っていたとか、あるいは、貸したお金をその人が亡くなったために子供さんに請求しても埒《らち》があかない等々。そのような場合、私は自分の知識、理解、考え方等でお答えするが、あくまで私個人の意見であるので、最終的には専門家に相談することであると言って来た。

ただ相談等については、人を通じてオープンとし、いつでも相談がしやすい雰囲気を作ることに心掛けてきたので、一向にかまわない。それはなかなか専門的な悩み等については誰に相談していいのか、その相談の相手はどんな先生であるのか知らないため、躊躇することが多いということを多く聞くため、私がその窓口になってもいいという考え方であった。したがって今では、本業以外の相談が七〜八割を占める状態である。私は開業した時からそのような方針だったので、これでいいと思っている。

私が事務所を開設して一〇年くらい経った頃と思うが、ある夏の午後九時過ぎ、私は一応仕事のケリが着いたので、そろそろ家に帰ろうかと思って机の上を片付けていたら、ドアをノックする音がしたので、どうぞと言ったらある男性が入って来た。年齢は七〇歳を過ぎた感じの人で、肩に布製の大きなバッグを掛け、もう一方の手には地図（一万分の一）を丸めて持っていた。そして、相談があるのでよろしいですかと言って靴を脱いで上って来た。そこでいろいろと一般的な話しをした後で本題に入ってきた。

「ところで先生であれば、この仕事はやってくれるでしょうね」と言うので縷縷《るる》聞いたが、要は自分の土地と隣地の間の境界が不明だということであった。これはよくあることで、土地を売買する時は、実測面積でするのか、公簿面積にするのか問題になることが多い。土地を購入した人がその土地について開発（建物を建てる目的で土地の区画形質変更）をする場合は、一定面積以上は開発行為に該当するため開発許可を採らなければならない。そのような場合は、実測をしていないと買主はその土地を買えないことになる。また、開発に掛らない場合でも、購入した後に隣接者との間の境界問題で争うことがあっては困るということで、最近では実測による売買が多い。

そこで実測ができないということは、自分の土地を売る場合も難しくなり、また購入者も実測図がなければ買えないという事情もある。また実測をするのにかなり高額な費用がかかるため、売主は実測をしたくないと言ったこともある。そのような事情・事件が最近多くなって来たため不動産登記法（平成一七年）等の改正が行われ、筆界特定登記官を置き、中立性のある登記官に境界の判断をしてもらうという制度が制定された。これによって境界の確定がし容くなったが、ただこれによって判断された場合であっても、境界が確定したという訳ではなく、有力な判断資料とはなり得ることだけである。境界の確定というのは最終的には当事者の確認が必要であり、両方が納得いかなければ確定はできない。境界の確定については、調停事件、あるいは裁判によってもなかなか決定するのは難しいようである。

この相談者はいろいろな専門家の事務所を訪ねて行ったと言っているが、本人の納得のいく解答が得られなかったようである。私もそのような話をして、これは土地家屋調査士の専門分野であるのでそちらに行くように勧めた。しかしながら、どこの事務所に行ってもできないと言って断られたというのである。「これはあくまで両隣の人が合意するということが大前提であるので、お互いが自分の主張を一切曲げないと言うのであれば、確定はできないですよ」と言ってお断りをした。ところが急に態度が変わり、「先生の事務所は○○総合事務所でしょう。総合というのはどんなことでもできるんじゃないか」と言うのです。「いいえこれは私の専門外だからできません」と言ってもなかなか聞いてくれない。「総合と言うことは何でもできると素人はとりますよ、それができないというならそれは詐欺じゃないですか」と言われた。私は今までそのような仕事をして来たことはないし、また今までそのようなことを一度も言われたこともない。「いやこの総合というのは、○○総合事務所という私の事務所の名称です。これは人であれば名前と同じなんです」と説明した。それでもまだ相談者は、「素人は誰でも先生の事務所の名前を観れば何でもできると思いますよ。それでできないというのであれば詐欺じゃないですか」と言い張る。

私ももう遅くなり帰ろうとしていた時であったので、少しずつ怒りを覚え、「じゃ結婚して可愛い赤ちゃんが誕生したら親・親戚の方は皆で相談して、男の子だったら大きくなったら賢くなってもらいたいと願い賢児と名前を付けることもあるし、また女の子であれば美人になってもらいたいと願い美子《よしこ》と付ける親も多いと思うよ。しかしその子供が大きくなって悪相であったり、そうでなかった場合は、その人または親は詐欺師になるんですか」ととっさに言い返した。そうしたら相談者は諦めたのか、ブツブツ言いながら、これは話しにならんと言って事務所を出て行った。少し腹の虫が納まったが、何か後味の悪い一日となった。

そんなん知らんわ！

私は兵庫県生れで、岡山県との県境で岡山県寄りにあるど田舎に生れ育った。自然は全て共有しており、山林、原野、田畑、河川、池等が大部分を占め、その中に農家住宅（大部分は兼業農家である）が点在する程度の小さな集落地域である。最近では高齢化が進み、空家も目立つようになり人口の減少にも歯止めが効かなくなってきている。今になっては、この集落に住んでいる住民は、野山に山菜取りに行ったり、竹の子を掘りに行ったり、また秋となれば松茸を採りに行ったりできる権利があった。このことを入会権であるということは、村の皆は知らなかったと思う。

私の小学生の頃は、全校生徒が一二五名程度（私はベビーブーム世代であるので出生率は日本で一番多い）で小学校までは徒歩で約三〇分程度であったが、中学生になれば中学校までは七キロメートルの通学路となり、とても歩いては通学できない。そこで小学六年生になれば皆んなが自転車に乗れるよう学校に集まって稽古をしていた。すなわち、中学校に通うためである。

中学生になれば皆んな誘い合って一緒に通学をするが帰りは、クラブ活動をする者もおり、また寄り道をして帰る者もいるのでバラバラであった。通学路は今のようにアスファルト舗装ではなく砂利道で、雨でも降れば片手でハンドルを切らなければならないので、何度も転んで怪我をしたものである。

中学校の下校時は午後三時半から四時頃であり、我々若い中学生にとっては一番お腹の空く時間でもある。家に帰るまでの道程は遠く、しかも蛇行、上り、下りがあり大変な作業である。田舎道であるので道の端々には果実、野菜等が豊富で、柿が色付けば食べたくなるし、苺、茱萸の実が色付けばまた食べたくなる。薩摩芋も大きくならない内に掘り、砂を被せれば分からないし、それを溝で洗ってそのままかじれば栗の実の味がして美味しい。

トマトなんかは枝で真赤に熟れれば本当に美味しいが、そうはいかない。そこまで待っていればその百姓の人に食べられてしまうので、ピンク色になった時点で我々がいただいてしまう。

ところが、その通学路に面した格好の所に大きな農家が一軒あり、その農家には広くて長い縁側があって、その広い縁側の外に窓ガラスを嵌《は》めた戸が立ててある。そこにおばあちゃんが、いつもその広い縁側に座ってお茶を飲みながら外を見て楽しんでいる。春から初秋にかけては、その窓ガラスを開けて座っているが、寒くなればガラス戸を閉め、炬燵を入れやはり外を見て楽しんでいる。

我々としてはこのおばあちゃんと顔見知りであり、よく挨拶もするし冗談を言って話しもするが、時として邪魔でしょうがない存在である。一瞬であるがたまに居眠りをしていると か、トイレに行っている時があり、大チャンスとなることがある。

ある六月初旬、友達と三人で自転車に乗って帰っていたとき、ガラス戸が開いたままおばあちゃんがいない。ちょうど苺がピンク色になっている。もう少し熟れれば美味しいが、そこまで待てばその家の人に食べられてしまう。今のうちに食べないとと三人が合意し、自転車を止めさっそく食べにかかった。

そうしている内におばあちゃんが帰って来て縁側に座った。私は気が付いたが友達は気が付いていない。そこで私はとっさに「今日は暖かいから気持ちがいいね！」と言ったら、おばあちゃんが「今日はいい天気だから気持ちがいいけどあんたたち何しとんね！」と言うので、てっきり見付かったと思った。しかしその後は何も言わないので私がちょっと気を使って「おばあちゃん、いつも外を見て楽しんでいるけど、何歳《なんぼ》になるん！」と聞いたら、「昭和天皇陛下と同じ年じゃ」と言って得意げな顔をしていた。「あっ！　そう偉いんやな」と言ったら、「そんな事、あらへんで」と返事が帰って来た。これでもう苺を食べたことには気が付いていないと確信し、「じゃ天皇陛下は何ぼね！」と聞いたら、おばあちゃんは「そんなもん、他人の年なんか知らんわ」と言ったので皆で大笑いをしてその場は無事終わりとなった。それで我々は苺は食べるし、おもしろい話を聞いて各々の家路に向かったのだ。このような一日もあった。

ああ！　返して

平成三〇年九月頃（二〇一八年九月）私は、下腹部の痛みが一ヶ月間程続いたので、病院に行く決心をした。ちょうど、市の健康診断の案内があったのでさっそく申し込みを行った結果、診察日の決定の通知が届いた。

私は以前から便秘がちで痔瘻の傾向があり、一年に数回鮮血が出ることがあった。病院に行くのは大の苦手であるが、今回は何故か行く決心ができた。

健康診断に行く前に、医療センターから検診の手続きを書いた書類が送られてきて、検便を二日分持って来るようにと記載されていた。私はこの検便を採るのが苦手で、病院に行くのが嫌になった要因の一つでもある。しかしながら現在ではその検便の採り方が詳しく説明されており、スムーズにできるようになっている。

ある日、私たちの仲間二〇名前後が二ヶ月に一回の割合で勉強会を行い、その後宴会になって雑談、カラオケ大会をやることになっている。その宴会の中で病院の話が話題となり約六〜七人が各々発言し大騒ぎになる。その中の一人の女性が「説明書に書いている通り、便器の中に紙を敷いてそこにうんちをして、それを爪楊枝みたいな物で採って容器に差し込めばそれでいいのよ。簡単なものよ！」と言って皆を笑わせた。「それがそううまくは行かないんだよ」と私は言うが信じてもらえないのが残念である。他の男性は「T君は不器用だからしょうがないな。どうしてそんな簡単な事ができないの？」と言ってくる。さんざん皆から弄られながら笑い転げていた。しかし私は皆んなが何か間違っているのではないかと言うことに気付いた。

私は約六年半前に戸建て住宅からマンションに引越し現在マンションに住んでいる。最近のマンションは近代化が進み、特に水廻りであるキッチン、風呂、トイレ等はかなり高級化・機能化され便利になって来ている。トイレはもちろん水洗化、洗浄化されているが、さらに最近のトイレは入れば自動的に便座が開き、用を足せば自動的に水が流れて洗浄してしまうことになっている。戸建住宅、少し古いマンションに住んでいる人は、自分で流さないと流れないため、そのまんまうんちが残ったままの状態になっていることになる。そうすれば病院からの説明のごとく容易に検便を採ることができるのである。私は便秘がちで、三日ほどがまんしてやっと出て来たうんちが、便座から立ち上った瞬間に流れてしまった。「ああっ！もったいない返して」という感じだったということを話した。

それでその話は、私の方が勝ち誉った感じで皆んなに納得していただきまた大笑いとなった。しかしながら、私はまた検査が遅れ三日程度待つ羽目になってしまった。

幸い血便が出て再検査を行った結果、痔が原因であったことが判明した。また、内視鏡で大腸の検査をした結果一〇個のポリープが発見でき、結果的には二回の内視鏡検査をしなければならなかったが、一〇個とも良性であったためかえって安心でき良い結果であったといえる。また初めての内視鏡の検査であり恐怖心があったが、点滴をしながらその点滴に痛み止めと睡眠薬を少し入れて検査してもらったので、痛くも痒くも何んともなかった。かえって心地よい感じで、オカマの気持ちがわかる様な気がした。そこでさっそく一年後の内視鏡の検査の予約も済ませてきた。

皆さんも病院は恐い所じゃなくて、病気があれば発見してくれて病気を治してくれる所と考えれば本当にありがたい事であるので、ぜひ、定期検査を受けてみたらどうだろうか。

どこが音痴や！　結果オーライ

私の敬愛する友達の一人であるK君は、歌の好きな人であるが極端な音痴である。特に軍歌が好きで東海林太郎とか小畑実とかの歌を好んで唄っていた。

ところが途中でリズムが変調したり、ところどころは合っているものの、出だしもおかしくだいぶ長く聞いていないと、何の曲の歌を唄っているのかわからないぐらいである。

本人は曲どおりに歌っていると自負しているから訳解《やっかい》である。これは学生時代からずっとである。

ある日、私の一級上のH先輩と彼の三人で雑談している時に、K君の歌は音痴で困ると言ったことが話題になった。しかしK君は「何を言っているんだ！　君達の方がおかしい、全然問題にならん！」というのである。

そこで、昔の携帯用のテープレコーダーを借りてきていたので、「じゃー歌ってごらん、どこのところがおかしいか教えてやる」と言うと、K君は得意げに大きな声を出して唄い出した。やはり何回聞いてもおかしくて堪らない。その歌を唄い終わった後に再生し、その変調したところでテープレコーダーを止め、ここがおかしいだろうと二人で説明するが、K君は全く納得しない。次のところで同じことを繰り返して説明してもK君の言うことはいつも同じである。ただ時が過ぎてカラオケが流行ってきて、カラオケボックスがあちこちにでき、スナックに行けばどこにもカラオケを置いてあり、少々の下手な人でも競って唄うようになって来た。そのような機会が多くなって来た所為《いわれ》で皆んなが大変上手になって来たということがいえる。K君はお酒が人一倍好きな方であるので唄う機会が多くなり、最近かなり上手になって来た。上手というよりリズムが狂うところが少なくなって来たということである。それだけではなく皆んなが上手になって来た中でK君が唄いだせば、音程が外れるので拍手喝采を受ける。K君はそれで気分が良くなりさらに唄いだし爆笑となる。そこで私がスナックに飲みに行けば、必ずそこのママがK君を連れて来てほしいという店が多くなって来た。

少し前置きが長くなってしまったが、ここからが本題である。

もう一二〜一三年頃前だったと思う。K君から電話が掛って来て話しをしている間に最近、三味線を習いに行っているということがわかった。耳を疑ったが間違いはない。

そんな馬鹿な！　なぜ三味線を習うんかと聞いたが、なかなか理解できるような返答がなかった。K君はまだ音痴は直ってないし、音楽的な才能はゼロに近く、まして楽器ができると言ったことも見たことも聞いたこともないのにとずっと不思議に思っていた。

その後二年経った頃、K君から「おい！　お前、こっちへ来てくれんか。俺、再婚することにしたんや。一度彼女とおおてもらいたいんや。お前が反対するんやったら諦めるから」と言って来た。彼も私の気持ちは十分に解っているから、そう言えば絶対来てくれると考えたに違いない。さっそく土・日に掛けて彼に会いに行った。その時彼は、すでに両親もなくなり、妹は結婚して家を出ていったので親の家に一人で住んでいた。その彼女が今の奥さんであるが、当時、彼女が高級な料亭を予約してくれており、美味しい牡蠣料理をご馳走になった。彼女はスラッとした人で色白で明るい感じのいい人であった。食事が終って私と彼は彼の実家に行って一泊することになった。

さっそく、なぜ三味線を習う羽目になったかを聞いたら、一人暮らしだからいつも通っている一杯飲み屋に行ったら、いつもの常連客（私と同じような暇な）がいて、Kさん、再婚したらどうですかと言って来たそうである。再婚という事は考えてもいなかった様だったが、そういえば、これからもっともっと年を取っていくし、そうなれば寂しくもなって行くしという思いもあったようである。しかしなかなか相手を見つけるのは難しいし、そんなにうまく行かないよと言っていたらしい。

ところがその仲間の一人が、「自分も聞いた話だけど、三味線を習いに行ったらいいらしいよ、三味線を習う人はほとんど女性で、しかも年齢が比較的高い人が多いらしい。独身の女性も多いようで、十分にチャンスがある」ということである。いくら歌に自信があるK君であっても三味線は無理だと言ったそうである。

この三味線の話があってから、本当にK君はその飲み友達の紹介で三味線を習うことになったのである。三味線の先生ももちろん女性であり、年も彼より若干上のようであった。

彼の三味線を習う動機は、上手になると言うことではないので、いくら練習をしてもなかなか上手になることはない。それより世間話の方が好きで、先生とは話が弾んでいたようである。

そこで彼の作戦は、自分の前の生徒と後の生徒の顔を観ることが大事で、自分の時間より早く行って前の生徒が終るのを待っている。そうすれば前の生徒が出てきて挨拶をする。また自分の時間はできるだけ長くして、後の生徒と会えるようにするといった具合である。

最終的に再婚した女性は自分の後に習っていた人であった。

その三味線の先生は二年に一度、中国のある地方に慰問旅行に行くことになっており、自分の生徒と他の先生の生徒を集めて総勢一〇〇名前後で行っているようである。その時先生は、「今年は中国へ慰問旅行に行くのでぜひ中国に一緒に行ってほしい、日本人の老人男女がたくさん居て、自分等の慰問の日を毎回楽しみにしている。三味線を弾いて、日本の唱歌を唄ってあげれば、皆んな涙を流して喜んでくれる。男性はKさん一人しか居ないから絶対行ってほしい」と言われ、彼の性格からして、特別な用事が無い限り断ることはないので行くことになったようだ。ただ彼のことだから、中国へ行けば酒も飲めるし、一人でいろいろ楽しいこともできると考えたに違いない。中国では大勢の観客が集まり大舞台に上って、そこで三味線を弾いたり、歌を唄ったりするらしい。

三味線を弾く女性は前列に座り、歌を唄う人は後に立つ位置が決められている。彼は三味線が弾けないので後に立つが、男性が一人であるので中央部に立たされることになった。彼は身長が男性ではやや低目であるのでちょうどバランスがいい。そこで先生が言ったのは「Kさん、本番では声を出さないで、口パクでお願いします」ということだった。どうして自分が中国まで来て口パクをしなければならないのかと思ったそうであるが、目標である今の奥さんと結婚が決まっていたため、それはそれで目出たしであった。

先生は彼が音痴であること、三味線が弾けないことを知っていたためそう言ったのであるが、自分だってそのことは十分に理解していたそうだ。

彼は特に反対もせず、大勢の女性と一緒だったら、それもいいかと思って行ったと言っていた。これで彼は中国から戻ってきてもう三味線を習いに行く必要がなくなったので習い事を止めてしまった。止める最後の日に先生が五年間ご苦労様でした。本当にK君が来てくれて楽しかったありがとうと言われると同時に、私、今まで何百人もの生徒を教えて来たけど、五年間教えて一曲も三味線を弾けない生徒はKさんが初めてですと言われて大爆笑したそうです。

私の心配も外に彼は酒場・スナックで今でも大人気の拍手を受け、自慢げに昔の軍歌等を唄っている姿は十分に想像できるのである。K君にしかできない本当に羨ましい限りである。

久し振り、俺ん家へ泊まっていけ！

私の親友で大学の二年頃から今日に至るまで、約五二年付き合っている前出のK君という男が居る。彼の性格を一言で言えば兎に角、一途で個性的ということかもしれない。一般的には個性の強い利己的な性格の人は嫌われるということのようであるが、彼は別である。私の知る限り、彼を嫌う批判的な人は一人も見たことがない。逆に彼が一緒に居た方が楽しいという人が多く、実際に皆んなで集まって食事に行ったり、旅行に行ったり、またカラオケに行ったりしても面白く、常に中心となって騒いでいる。私はそんな彼が大好きであり、親友として誰にでも紹介でき自慢のできる男である。

もう一〇年も前になると思うが、私とK君との共通の友達である巽君が、東京から広島に出張で出て来るという電話が掛ってきた。二人は同じ会社で勤めていたが、K君は二〇年も前にその会社を辞め、当時は広島にある一部上場会社に勤めていた。K君は巽君の一年先輩（実際には六ケ月しか離れてない）というだけで、後輩は先輩の言う事に従うのが当たり前という体育系の学生の考え方をしていた。巽君は時々、彼の鞄をもちながら、こんな鞄どうして自分が持たんといけないのかと愚痴を言いながら従順に従って来ていた。私も東京に居る時は、よく三人で食事に行ったり、話し合ったことがあるので巽君の性格もよく存じている。

その巽君が出張で得意先のある広島へ来たのでぜひ、K君に久し振りだから会いたいということだったらしい。K君は「おおっそうか、それでは夕食は一緒にして、夜は俺の家に泊まれ！」と言ったら、巽君は「いや、会社の事務員がビジネスホテルを予約してくれているので泊まるのはホテルにします」と言ったということである。そうしたらK君が激怒して、「おまえ、何を考えているんか！　そんなもんキャンセルしたらええやん、俺がキャンセルしてやろうか」とまで言われたため、彼は予約していたホテルの予約をキャンセルしてしまった。それが後に大失敗となるのである。

その頃、K君は奥さんと離婚をしていて、会社の借り上げ社宅に一人で住んでいた。この話しをもう少しすると、以前は奥さんと子供さん二人が居られて、私には仲の良い一家であるとの印象があった。その別れた理由は特に伺っていないが、彼の我儘が強かったんじゃないかと思われる。ただ彼が私に話したのは、ある日会社から遅く帰ったら、家は真っ暗で明かりがついていなかったということである。

家の中に入ったら、荷物はほとんどなく綺麗に片付けられており、彼の衣類、通帳、印鑑はテーブルの上に置き「出て行きます。探さないで下さい」とたった二行書かれた書置きがあった。外には飼い犬がクンクンと鳴いていたそうである。

彼は私と同じで小さい頃から犬が大嫌いであったが、犬の世話は彼が朝は早く夜は遅いためできないから子供たちでやるという条件で買うことを許したである。彼がその時直感的に思ったのは、この犬の世話はこれから自分がしなければならないことになったということである。

一瞬できないとも思ったが、よく考えればこの犬も自分と同じく捨てられたと思うと妙に愛《いと》しくもあり可愛そうでもあり、一緒に暮らしていこうと考えたそうだ。それから毎朝六時に起き散歩に連れて行ったと言っていた。朝六時になれば犬が散歩をしたくて鳴き出すため、近所迷惑にならないよう散歩するのを日課にしていたという。

彼はほとんど食事は作らないが、たまに私と住んで居た（東京でアパートを借り一時同居していたことがある）頃は水炊きが好きで二人でよく造っていた。これはすごく簡単で土鍋に湯を沸かし、そこに鶏肉、野菜、里芋等を入れれば出来上がる。残りはそのままにしてまた翌晩同じ物を入れれば済むという具合である。なぜか二人とも里芋が好きで近くの店に買いに行くのであるが、なぜか一袋に五つしか入ってない。したがって最後の一つをどちらが食べるかいつも喧嘩になっていた。

話しを元に戻せばK君は巽君と広島駅で待ち合わせて家に連れて帰った。やはりその晩の食事は水炊きであった。二人は久し振りの再会に酒を飲みながら夜遅くまで思い出話を楽しんだろうと思われた。ところがである。「おい！　巽君、俺は九時に人と待ち合わせをしている。ちょっと行って来るからゆっくりしてくれ。風呂は水を入れているので、あとはガスのスイッチを入れるだけでいいよ。それからな、朝六時頃になったら犬が鳴くから近所に迷惑掛けんようにお前が散歩に連れて行って来れ。三〇分程でええから頼むな」と午後八時半頃になって言われた。「ええっ、Kさん何処へ行くんですか。何時頃帰って来るんですか」と聞いたら、「お前は頭が悪いなあ。犬の散歩をしてくれと言ったらわかるやろ。それと武士の情けや、それ以上聞かんといてくれ」と言って家を出て行ったしまった。

それだったら、なぜホテルをキャンセルさせたのか。今更、再度ホテルに予約しても難しいし、ここからホテルまでどうして行くかも解らないので仕方なく、この家に泊まる事にしたそうである。まあ巽君も巽君である。その後、残った水炊きを食べ風呂に入って寝たそうである。巽君も犬が嫌いだったが、朝六時に起きて散歩に連れていかなければとずっと考えていたため、十分に寝ることができなかった。K君は朝七時頃に帰って来て「よう寝られたか、犬を散歩に連れて行ってくれたか」といって、行き付けの店でモーニングを食べてから会社に行こうということで一緒に出かけて行った。

別れ際に「また遠慮せんでいいからいつでも来いよ」と言われたが、誰が二度と来るかという思いだったがそんなことが言えず「はい」と言って別れた。ホテルをキャンセルしたのが大きな間違いで、彼は泣きながら東京へ帰って行ったということであるが、仕事はうまくいったのだろうか。

楽しいはずの林間学校

私の小学校では毎年、夏休みになると林間学校と言って、小学三年生以上が一泊で海水浴を兼ねて小旅行に出かけるという慣行があった。はじめてのお泊りということで子供たちは大変楽しみにしている者もいる。今年も小学三年生以上、六年生までの約七〇人が海辺の旅館に向かってバス二台で出かけていった。

旅行の前の日に三年生以上を校庭に集め、海水浴に行くについて持参するもの、旅行中・旅館での注意事項を説明する習わしがあった。そこで一番大事なことは事故のないように泳ぎのできるグループを三班に分け、よく泳げるA班、普通B班、ほとんど泳げないC班とするものである。我々の時代は水泳は河川、小川あるいは小さな池で泳ぐのが一般的であり、海のような塩水でしかも波の荒い所で泳ぐと言ったことが少ないため、事故防止のためそのような措置が採られている。

私はクラスでは二番目に背が高く、大体二学年上の生徒とほぼ同程度の体格があった。したがって体操はほとんどでき、ソフトボール、相撲、ドッヂボール、徒競走、その中で鉄棒は苦手であったがすべてが強かったと思う。

勉強の方はややできる方で、顔もどちらかと言えばいい方ではないかと自分では思っていた。何が言いたいかと言えば、我々の時代のガキ大将は喧嘩が強いだけではなかなかなれない。全てが良くないとガキ大将にはなれないという暗黙の了解というようなものが必要であった。であるから、皆んなから人気があり女性からも好かれなくてはならないということである。

こんなことを書いたのは、水泳で三班に分けられる時に、本当はほとんど泳げないのであるが、ガキ大将ということもあって皆んなの手前格好を付けたくてついA班と言ってしまった。そこで困ったことに、泳げる班に入れば付添いの先生も違って水深の深い所で泳ぐようになり指導がキックなる。

当日、午前中に第一回目の海に入る時間がやって来た。ここで大事件が起きたのである。海に入る前に女子はシャツとブルマを与えられるが、男子は巾吊り（大辞林にも載っていないが、誰もが金吊《きんつ》りと信じていたように思う）と言って黒地で前だけを三角巾で隠し、紐で体に結び付けるものを身に付ける。この巾吊りは体格によってL、M、Sがあり、私は三年生であるが背が高いので当然Lサイズである。

ところが各学年毎に担任の先生が、L、M、Sのサイズに別けて配付されるため、私の所へ来た時にはSサイズしか残っていなかった。当時私は先生に、これでは小さ過ぎる、Lサイズを下さいと言ったが、他の学年ではもう配付してしまい、すでに着用している者も居るということである。したがって私はしょうがなくSサイズを承諾してしまったのが大きな間違いであった。

もともと巾吊りは海水に浸かったら膨らむので小さめにしていると考えられ、私の場合は半分程度が股間から大事な物が食み出てしまっているようなものであった。

集合の合図がありA班のグループに行ったとき、すでに巾吊りが窮屈な事、どこまで連れて行かれるか不安なことで震えていた。案の定、私は犬カキしかできないので波に飲まれ海水を呑み、鼻は痛くなるわで溺れてしまい、助けを借りながら必死で浜辺まで這い上がった。

そこまではっきり意識があって覚えているが、その後は朦朧としてあまり覚えていない。ただ大事な物はほとんど巾吊りから出てしまっており惨めなものであったようである。その時はそんなことより海水を飲んで苦しかった方が大変だったので、恥ずかしい事なんかどうでもよいことであった。

しかしながら、ガキ大将の私にとっては最も格好悪い一場面であり、あの時のことは、思い出しもしたくない事柄であるが、間違って身に付けてしまった男子はまったく知る由もなく、今どこで何をしているか知りたい気もする今日、この頃である。

第二章　出来事

カスタマー・ハラスメント

ハラスメント（harassment）とは「人が嫌がることをわざとして困らせることまたはその行い」の意味があるそうだ。

最初に使用されたのはセクシャル・ハラスメントだったと思うのであるが、その後はパワー・ハラスメント、マタニティ・ハラスメント、アカデミック・ハラスメント（他にあれば？）と続き、カスタマー（customer：顧客、得意先）ハラスメントなる造語（と思うのであるが）も出てくるようになった。

これは、お客様の立場が当然強いものであるという認識からか、あるいはお客様には逆らえないと自覚する快感からか、高飛車な態度、中には土下座を強要したりして威圧するような態度までとることを意味しているようである。

かつて、自分が上得意客（つまりカスタマー）なのだと勘違いしているようで、当方サイドでは対応することができない、無茶で、言いがかりとも取れるクレームを受けたことがあった。

三人ぐらいで立話をしていた私どもに入り込んで来て「サービスが悪い、不足している、雑談ばかりでその研究すらしない。自分がお前らの上司なら全員クビだ。（上司ならばパワハラとなるだろう）」と大変強い口調で罵るがごとくのクレームであった。その口やアゴはヒョットコの様に突き上げ、目は三角。今でもその顔を思い出す。

その内容を聞いてみると、一ヶ月前に近くに大手スーパーがオープンした。そのスーパーに電話しようと思ったみたいであるが、当方の店内の公衆電話に備え置きしてある電話帳には、そのスーパーの電話番号の記載がないということであった。何で記載しないのかというまったく無茶な申し出なのである。

当人には次の通り回答した。

そのスーパーは開店から一ヶ月。電話帳は電電公社（当時）は、どの程度のサイクルにて発行しているか存じませんが、月毎に発行という訳にはいかないでしょう。最新の電話帳を準備してはおりますが、そのスーパーの電話番号を記載している電話帳（つまり開店後）はまだ発行されていないと思います。また、私どもからその番号を記載した電話帳を早く出してくれといったお願いももちろんできません。そういった事情からですのでご了承下さい。それにそのために私どもをクビにしないで下さい。

すると本人は格好がつかなくなったのか「よしわかった。自分が上司ならそんな堅いことを言わずに皆にコーヒーを振舞う」と訳のわからないことを言って、さっさと帰ってしまった。

これも〝カスタマー〟なのであろうか？

なでしこ北九州

「戦後強くなったのは女性と靴下」と言われて久しい。最近では「男女雇用機会均等法」の成立、施行とか、そういった犯罪は存在しない（その後規制法たるものは成立）。とある大臣の発言が物議をかもした「セクハラ」等といった問題提起もなされ、女性の地位向上とか保護、更に社会進出が図られ、強化されて来ているようにも思える。

しかし、国や地方の議員や上場会社の経営者等、その全体に占める比率が先進国にあってまだまだ低いとの指摘がなされているのも事実である。これは国の政策とか女性の置かれている環境だけがその原因だろうか。「控えめで、出しゃばらない」とか「目立たない」等といったことが日本人特有の女性の美徳ととらえられている点もあるのではないかと思えるし、女性の各人に「大和なでしこ」像がお互いに求められて「女性はもともと弱い存在」という意識も強いように感じられてならない。

そのように、つまり「大和なでしこ」像が感じられたあるショップのオーナーからの相談があった。ある日そのショップの女性客からの苦情の申し出。話を聞いてみると、ショップの従業員の言動、つまり接客態度がそのお客様を大きく傷つけてしまった。精神的苦痛《ショック》が大きく、外出も他人に会うこともできず悶々とする日が続き、その苦痛が和らぎ立ち直るのに一年以上も要したとのことであった。この間《かん》もだえ苦しんだ苦痛は大変辛く、それを賠償するとすれば、慰謝料は一日につき一万円は下らない。従ってショップの従業員からの言動により受けた精神的損害を賠償して欲しいという請求がなされたそうである。確定額として総額いくらとの提示はなかったものの四〇〇万円程度となるのだろうか。

そのショップは今日までの経営も、弱い立場そして女性としての立場という認識から良いも悪いもなく言われるままに対応して各種困難を乗り越えて来たそうである。

今回も銀行から借り入れして全額払って解決したいとの相談であった。相談を受けた私は次の通りの対応策を提案した。まず①損害が発生している証拠やその算定法、それと、②その苦痛となるべき言動と損害との因果関係がそれぞれわからない、明確でない。

早い話「言い掛り」にすぎないのではないか。ここは私が原案を作成するから内容証明郵便にてはっきりと断りましょう。そんな「社会正義に反するようなことは止めましょう」と申し上げた。

その対応にその経営者の方は大変不安そうだった。主人を亡くし、家族、従業員全て関係者は女性。どうしても強く出る気になれない。大丈夫だろうか。と心配されていたが、その文書による回答後は、何も言ってくることもなく収まったようだ。

その経営者の方からお礼の言葉があったが、最後に付け加えられた言葉。家族、従業員すべて女性で弱い者ばかり。それにそれだけでなく飼っている犬や猫もすべてメスです。

この言葉を聞いて私は何かほのぼのとしたものを感じた。

頑張れ「なでしこ北九州」！

愚にもつかない

一般の小売店で販売している商品には説明文書の添付がなされている。使用方法とか取扱い上の注意やその成分等が中心と思われる。消費者が必ず読むのは、その使用方法だと思うが、薬品等の取扱い上の注意文書は必ず読んで守らなければならない事項ではないでだろうか。ただ何でもかんでも説明が必要という訳にはいかないだろうが、その記載の必要性の限界はどこにあるのだろうか。野菜、魚、肉には何も説明文書は添付されていないし、そのことで誰も不満を持つ人もいないだろう。また「風邪薬ですので下痢の症状には効果はありません」といった説明も何も必要とされないだろう。

つまり、この取扱説明の範囲というか限界については、一般社会の常識の範囲内で自然とおさまることだと思っている。

ところが、この常識では考えられないような、ばかばかしくて、話にならないクレームが発生した。

商品は電気炊飯器である。使用に際しては、内釜に洗った米を入れ必要とする量の水を入れ、中にセットしてスイッチを入れる。これで必要な時間が経過すれば出来上がりである。

説明書きもここまでだろう。

「始めチョロチョロ、中《なか》パッパ」と言った具合にする必要はまったくない。したがってこの通りにセットしてスイッチだけ「オン」にすれば良いものを、その内釜をこともあろうに直接に火（コンロ）にかけてしまっているわけである。その結果は内釜の底は焦げて穴があき、使い物にならなくなってしまった。そのお客様は怒りその炊飯器の引き取り、つまり返品を要求してきたのである。気持ちとしては「あなた馬鹿じゃないですか」と言いたい所であるが相手はお客様そうは行かないのである。丁重にお断りしたが、なかなか納まらない。

「駄目ならば、何で説明書に禁止事項（内釜を直接火にかけないで下さい）として記載しないのか。記載しないのはメーカー、販売店側の責任ではないか」といった具合である。

説明書通りに使用されるという前提に接客、販売をしている。

「陶器やガラス製品は割れ物なので一メートル以上の高さの所から落とさないで下さい」とか「家庭用の包丁です。殺人用に使用しないで下さい」等々まで説明する必要があるだろうか。常識の範囲内とはお客様を更に怒らせることになるので申し上げられないが、一般に考えられる使用方法でしか考えていません、ということで押し切った。

「愚にもつかない」とはこういったことを言うのだろう。

人生いろいろ。クレーマーもいろいろ

昭和四三年五月に消費者保護行政の柱となる「消費者保護基本法」が制定され、その後国民の消費者問題への関心が著しく高まることとなった。これは基本となる施策項目を定めて国民の消費生活の安定の向上に資することを目的としたものでもある。施策の内容としては、「計量、規格、表示の適正化」等の外に「苦情処理体制の整備。つまり自治体における行政窓口設置」などが規定されている。お客様からの苦情については私自身店頭にて受けることがあったが、衣料品であれば「色落ち」とか「洗濯後の縮み」といった件が多かった気がする。そういった行政窓口にはどういった相談が持ち込まれるのであろうか。知人にそういった窓口の方と親しい人がいたので、間接的（事実関係の確認はもちろん行っていないが）ではあるが聞いたことがある。当初は、困難な問題、質《レベル》の高い相談だと思っていたが、窓口の方がどう対応されるのだろうと理解に苦しむ内容のものが何件かあった。

それは、次のとおりである。

①ペットショップにて子犬を買ったが、半年後に死んでしまった。死んだ犬をそのペットショップが引き取ってくれない。何とかしてほしいということである。↓「一年間

品質保証。したがって一年間修理代無料」といった具合に保証書を発行して、一年間犬の命を保証することを指導するのであろうか。

②あるパチンコ店によく出入りしている、つまり「常連客」「お得意様」である。ところが自分に店員はパチンコの終了台をくれない。解放してくれない。不公平ではないかということである。↓実際に調査されるのであろうか。

③あるショップで花瓶を○○円で買った。値段が高過ぎやしないか。調べて欲しいというのである。↓高過ぎると思うなら買わなければ良いのでは。こういったケースも調査されるのであろうか。

苦情処理体制の整備を図られてもこのような内容の苦情は想定されていたとは思えない。私も店頭でいろいろな苦情を受けたし、いろんなクレーマーにも接してきた。内容は前述の通り「色落ち」や「縮み」といった基本的な問題から「愚にもつかない」「話にならない」といった苦情、「お客様は神様」と信じきっていてまったく理解できないいろいろなクレーマーにも接した。行政窓口にもいろんなクレームが持ち込まれるみたいだが「国民の消費生活の安定を向上に資する」ことを目的とした基本施策のため、選別せずに相談にはすべて対応する必要があるのだろう。

「事実は小説よりも奇也」。小説の作り話よりも事実のほうがすじ立てがおもしろく、めずらしい話があるのである。
人生もクレーマーもいろいろである。

盗人にも三分の理

私は一時期書籍売場（書店）を担当したことがある。書店経営にて一番深刻な経営上の問題は、万引きによる品減りではないだろうか。ついついバックやポケットに入れてしまう、お金を支払うのがもったいない、万引きして古本屋にて換金するといった具合である。

万引きした本なのか本人が持参したものなのか区別がつきにくい、棚で死角ができたり、接客に追われてお客様の動向が把握しづらいといったこと等がその原因と考えられる。

読者の方は万引行為はなされなかったであろうが、学生時代から考えて皆様の周りには、そのような輩が居たのではないだろうか？　地域性もあるだろうが深刻な問題につきその対応策もいろいろと考えられて来た。店内に防犯カメラを設置したり、警備員に店内を巡回させたりして、その行為をけん制し万引きを防止する。また店頭の本に磁気カードなるものを挿入してレジにて支払を済まさず（同カードは挿入されたままの状態）に外に出ると、入口設置のセンサーから作動する。といった具合に大掛りな対応策までもが検証されてきた。

しかし一向にその効果は表れて来ない。また経験するとスリル感もあって何度もやってしまうみたいである。できるだけ現場にて目を光らせ監視し万引現場を押さえその証拠をはっきりさせないと信用問題まで発展しかねない。また現場を押さえても皆自分が悪いとは言わないし何とか自分を正当化しようと弁解してくるのである。

そこでこの弁解の事例を三件、感動篇ものから屁理屈篇までを紹介する。

①親子づれで来られて、ここの責任者の方とおっしゃるので私が面談した。その内容は、先日息子が買ってやった覚えのない書籍を持っているので、聞き糺《ただ》した所こちらで万引きしたとのこと。叱りつけて今日本人を連れてお詫びに来た。代金はお支払させていただきますが、今日はそこまででご勘弁、お許し願えませんかと言うことであった。子供さんの持物まで注意し見ておられ不正があれば、それをきちんと正すといった姿勢に感動したし、万引きしやすい環境にもした責任すら感じた。それから三〇年。平謝される父親の後姿を見てその息子さん立派に成長されているだろうなと時々考えることがある。

②市内で有名な私立校の生徒さんの万引現場を発見、押さえたので、住所、連絡先を聞いて、父兄に電話をした。すると母親が来て、いきなりパチンパチンとその生徒さんを平手打。その後その支払いをするでなく、今後注意するということでもなく、ただひたすらに今日の事は学校には内密にして欲しいということであった。学校に知れると特待生（授業料が全額か半額かわからないが免除）をはずされてしまう。このお願

い一辺倒。仕方なく母親の言われるままに対応したが、その本は返されるだけで支払いをするまでもなく帰られた。その生徒さんのその後はどうなったのであろうか。

③当社がお世話になっている方を通じて、万引きを見逃して欲しいとの要請があった。内容は息子さんが万引して発見され事務所に連れていかれ、自宅の住所、連絡先を聞かれ、すぐに連絡をとったのであるが、その日は連絡がとれないため、後日連絡をとってみるということで当日は引き取らせてもらったそうである。

そこで現場に行って事実関係を調べてみたら実に驚きの内容であった。息子さんではなく五〇歳を過ぎた相談した本人が万引犯であった。

「盗人にも三分の理」の三分の理の意味がよく理解できないが、息子のせいにする父親には一分すらもその理屈は通らないのではないだろうか。

あきれ果ててしまった。

第三章　考える話

考える話

　この話は、昔私達兄弟姉妹が母親から聞いた話しで、まだテレビが一般家庭に普及していない頃だった。昭和三八年に東京オリンピックが開催されることが決まったため、どこの家庭でもテレビを観たいということで、爆発的にテレビが売れる時代の少し前であったと覚えている。

　ある日の夜、食事が終って母親と六人の姉、兄弟が雑談をしていた時、母親がこんなことを言って子供達の意見を聞くということがあった。父親はおそらくお酒を飲んですぐに寝てしまっていたと思う。母親曰く、ある孤島（無人島）で母子二人しかいなくて食べ物はおにぎり一個しかない。このおにぎりは親である母親が食べるか、三歳程度の子供が食べるか、どちらか選択するしか方法がない場合は、あなたたちだったらどちらがこのおにぎりを食べたほうがいいと思うかという問である。そして一つ条件があり、このおにぎりを半分に分けて二人で食べることができないということであった。当時私は小学校二年程度であったので、おそらく子供に食べさせると言ったと思う。もちろん、兄達も同じ意見だったと思っている。弟はまだ幼稚園児であったので、おそらくその問いの意味は解っていない。

ただ、姉二人は大人と高校生になっていたので、半分半分に分けて食べると言ったが、それは条件に反し、そうする事はできないということであった。このおにぎりを一つどちらかが食べれば、一日生き延びられるが、もう一人の方は餓死して死んでしまうというのである。母親がそのおにぎりを食べれば子供は死んでしまうということになり、我々子供としては自分が食べれば母親が死んでしまうということも恐く・切なく、遣る瀬無く、どうしようもないという現実がある。

今の時代であれば、海上保安庁、自衛隊等がヘリコプターで探してくれるし、ドローン等で食べ物を運んでくれるということが考えられるが、そうもできない時代である。

携帯電話でも持っていればどうでもなり、母子は無事に救助されるだろう。

いろいろと考えたが、どうしていいかわからなく、「じゃー、お母ちゃんだったらどうする」と誰となく問うと、母親は自分が食べると言った。「えーっ、じゃー子供は死んでしまうやん」。我々は自分に置き換えて非情な母親だと子供ながらに一瞬思ったと思うし、親に見捨てられた悲しい気持ちにもなったと思う。

それでその訳を母親に問いただせば、母親はこのように言った。

お母ちゃんとしても、自分が一人でおにぎりを食べて、可愛い我が子を死なせると言うことは絶対にしたくない。そんな親がこの世の中のどこに居るだろうか。しかしよく考えてみれば、子供におにぎりを食べさせれば、その子は一日、命が助かるかも知れないが次の日には食べ物がなくて必ず死んでしまう。そうしたら一日生き延びた三歳の子供は、母親がいなくなり真っ暗な中で寂しくも恐ろしくもあり、一晩中泣いて過ごすことになる。そんな可愛相なことはできない。また子供の死に様、死骸は誰が葬ることができるのか。そのままの状態であれば、鳥等の餌食になってしまう。親としてはそのようなことは絶対したくない。そこでおにぎりは自分（親）が食べて、亡くなった子供の最後を看取って、自分も死にたいということであった。

当時、私は七〜八歳程度だったため理解は十分ではなかったと思われるが、現在私自身が二人の子供を持ち、二人の孫まで授かっているが、今でも難解な問であると感じている。それ程、人間の死は尊いものであるので、自ら死を選択するということがないよう祈っている。

人生最後まで諦めない

昔は、職人になるとか商人になるにはその店に住み込んで、一人前になるまで約三年間は丁稚奉公をしなければ仕事も教えてもらえないと言われていた。

寿し職人になるためには毎日、米の研ぎ方・焚き方から教えられ、火の強弱、水の加減、焚き上がった御飯の蒸らし加減等のほか、店の掃除、小間使い等なんでも遣らされるのが普通である。それができて、はじめて寿し飯を握ることを許されるということになる。左官屋さんは土壁・セメント壁を練る場合には、水と土・セメントの交ぜ具合、時間が大事で、水の量が多くても少なくても壁として練る場合に影響を与える。また、練るタイミングによって早くから交ぜておれば練る時に固くなっており、なかなか練るのは難しい。したがって左官屋さんに丁稚奉公に入っても、三年間は鏝《こて》を使って壁を練らしてもらえない程厳しいものがあると言われてきた。

そこで本題に入るが、これも母親から聞いた植木屋さんの職人の話しである。植木屋さんに仕えるためには、やはり丁稚奉公として親方に仕えなければならない。最初から植木の剪定を教えてもらえるのではなく、庭師が仕事のできやすいように準備する必要がある。まずは、剪定等に必要なノコギリ、鎌、ナイフ、綱を準備し、仕事が終われば後片付けをして丁寧に道具の掃除をし、明日に備えるのが習わしである。実際に枝の剪定を教えてもらうようになるには、少なくとも一〜二年は掛るそうである。それから高い木に登って枝切り、剪定をするには、もっともっと時間が掛るためやはり三年間は下積みが必要である。高い木に登ってその高い所で枝切り、剪定を行うので、かなりの危険が伴うことになる。高い木に登るには命綱を腰に巻いて安全性を保つようにしている。すなわち高所で作業する時は、相当の注意をするとともに技術と慎重さが必要となる。

ある日、見習いの職人が高い木の上に登り枝の剪定作業を行っていたが、夕方になったので、また明日に残りの仕事をしようと親方は、その弟子にもう降りて来いと声を掛けた。その弟子は頷《うなづ》いて降り始めた。そこでその弟子があと地上まで二〜三メートルの所まで降りて来た時に、親方が急に危ないから気を付けろと怒鳴った。そこでその親方と一緒に作業を見ていた男性が、親方になぜほとんど降りた弟子に危ないと言ったのか、どうせ言うのだったらもっと危険度の高い、高い所で作業している時に言うべきだったのではなかったのかと尋ねたら、親方は、高い所で作業している時は何も問題はない。それは本人が危険性を十分に理解し、細心の注意をし、慎重に作業をしているため危なくないんだ。最後の二〜三メートルまで降りて来たところで怒鳴ったのは、本人はもう大丈夫だと安心し、注意も慎重さも欠いたところが一番危険なのだと話された。

この含蓄ある言葉はどのよう事にでも通用するものと思われる。野球であれば、九回の裏、二アウト、一塁、二対三で負けている試合で、誰もが負け試合と思われている時でも、最後の一球でホームランを打てば逆転勝利となる。相撲だって土俵際で手を緩めれば逆転されてしまう。またマラソンだって、最後のトラックに一位で入って来て、もう安心だと思った瞬間、トラックで負けてしまったということがあるように、人生は最後まで諦めてはいけない、頑張らないといけないよと言っているような気がして、本当にいい話を聞くことができたと思っている。

働かないものはこの家から出て行け!!

この話しも誰から聞いたか定かでないが、私はおもしろいと感じたので紹介したいと思う。話の一家は、六人暮らしの全国どこにでもあるような家庭で、祖父母・夫婦・長男・長女という家族構成である。おじいちゃんとおばあちゃんは既に八〇歳を超え、今は年金暮らしで息子夫婦と同居し悠々自適に暮らしている。父親（息子）は定年間近のサラリーマンで、母親はパートでスーパーに勤めている。長男は東京の大学を卒業し、一時は東京で会社勤めをしていたが、上司と折り合いが悪いと言うことで一流会社に就職していたが退職して実家に帰ってきた。長女は地元の短大を卒業し、自宅から近くの会社に勤務している。

その後長男はアルバイトや契約社員等で働いていたがどれも長続きせず、半分は居候の状態で一日中寝たり起きたりの繰り返しで自分の部屋から出て来ないことも多い。こんな状態がずっと続いていて、親子間の会話も徐々に少なくなってきた。

その間両親は息子の将来のことも考え、ちゃんとした会社に入って働くように何度も説得してきたがなかなか埒があかない。そこで両親は、家族皆んなの前で長男のことを話し合おうと相談した。

ある日の夜、一家六人が夕食をとっている時に父親が話を切り出した。「お前にはせっかく良い大学まで行かせたのにしっかりしなさい。『昔から働かない者は食うべからず』という言葉があるだろう。いつまでも親はお前の面倒を見てやることはできない。親が亡くなったら、お前一人でどうやって生活して行くのか」と家族の前で怒鳴りつけた。

本人は少しは応えた様子で黙ったまま聞いていたが、他の皆んなも何を言うこともなしに黙って聞いていた様子であった。

その後母親は、少し言い過ぎたかもしれないねと話しながら床に就いた。

翌日おばあちゃんがいつもより早く起きて、何かゴソゴソしている様だったので母親が起きてみれば、おばあちゃんは自分の下着と着替えを風呂敷に包んでサッサと家を出て行ってしまった。それを聞いた長女が「どうしておばあちゃんが出て行ったの？　おじいちゃんは何で居るの？」と母親に聞いたら、おばあちゃんは昨夜の話を自分のことのように聞いていた思うよ。自分の孫のことだもの。しかしおじいちゃんはね、耳が遠くて、昨夜のお父さんの話が十分聞こえていなかったという話でした。その後おばあちゃんはどうしたのだろうか。

負うた子に教えられて

負うた子に教えられて浅瀬を渡るという諺がある。これは背に負ったこどもに浅瀬を教えられるという意味で、老練な者も時には未熟な者の教えを受けることがあるというたとえである。これは私が大人になってから知った諺であるが、実は私が未だ小さい頃によく母親から聞いたことを想い出すのである。若干意味は違う様な気もするが、母親は自分の体験を話しているのか、他人から聞いた話しを我々子供に教育の一貫として教えていたのか今でもその真意は解らない。ちなみに私の家族は、両親と子供六人の八人家族である。

晩秋の夜、日が暮れれば私の田舎の夜は真っ暗になってしまい、全く景色が見えない状態になってしまう。これは田舎に住むか、あるいはそのような所へ行ったことのない人はほとんど想像が付かないだろうと思う。都会であれば店の明かり、ビル・マンション等の外灯、また道路では街灯・街路灯が付いているし、車のライト等もあって夜でも一定の明るさを保ち、十分に歩くことができる。また少し田舎でも外灯が付いている所が多く結構明るい。

私の言うような田舎ではお月様が出ていないと、道路も河川も田園も境が解らなくなる程真っ暗になるので、何等かの明りがなければ慣れたいつもの道でも歩くことさえ難しい。ただ月が満月に近い頃になると夜でも明るさがあるため、明かりを持たなくても道路は十分に歩くことができる。そのような状態を前提として話を聞いてほしいと思う。

我々の田舎は兼業農家が大半であり、主が農業で繁忙期には米・野菜等を作るが、それが終れば会社に出るというのが一般的である。したがって貧乏と言っても食べて行くことだけはできるのである。しかしその中でも貧しい家庭があり、その家族は両親と子供六人の八人暮らしで毎日、食べて行くのが精一杯の生活振りであった。子供は食べ盛りでいつもひもじい思いをしているのは母親が一番よく知っている。だから、できれば子供たちにだけは腹一杯ごはんを食べさせてやりたいといつも願っていた。

ある夜、お月様が出て外は夜でも明るさが保たれている。母親は幼い三歳位の男の子を背に負うて近くの芋畑へ行って、芋を盗もうという計画である。子供を負うということは、一人では心細いということがあるし、芋を掘っている最中に人に会わないように見張りをしてもらうこと。また偶然、人に会ってしまったら、子供の寝付けが悪いから散歩をしていると言って誤魔化すこともできるという理由のようである。芋の蔓は大きく長く延びるため、土を掘って芋を盗った後はその土を被せて蔓を覆ってやれば見付かることはない。

いよいよ畑に入って芋を掘る時が来た。憲ちゃん！　誰もおらへんか、誰も見とれへんか、他人《ほかのひと》が来たらすぐ教えてね、と言って掘る態勢に入った。その時、子供はお母ちゃん誰もおれへんし、誰も見とれへんで、ただなお月さんが見とるでと言ったそうです。

　その子の言葉を聞いて母親は我に返り、これではいかん！　と考えて芋を盗む事ができなかったというのである。

　この芋を作っている百姓さんも、ここまで芋を育てるのにどれだけの労力を注ぎ込んだか。また百姓さんもこの芋を食べて自分の子供を大きく育てようと頑張っているのに、自分はなんてことをしようとしていたのか。善悪も解らない小さな子供に教えられた情けない気持ちと、逆に親が子供に教えないといけない恥しい気持ちに陥ったことであると思う。

　母親は、この話しをして聞かせ、我々子供に人が見てようが見てないだろうが関係なく、人の物を盗むという悪いことは絶対しないように。もし、逆の立場になれば皆んなも腹立たしく、その人を憎むでしょう。

　今でもこの話はよく覚えているし、この時の教えが我々兄弟姉妹への教訓となっているのだと思える。誰だって人から物を貰うことは嬉しいけれど、私は逆に物を人にあげるほうが嬉しい気持ちになれるような気がしている今日この頃である。

得難い教訓

私は、大学を卒業して最初に就職したのは、関東地区にある東証第一部上場会社であり、大きな希望を持って上京した。二年程その会社でサラリーマン生活を経験した。神奈川県の厚木市に本社のある厚木ナイロン工業株式会社（以下アツギナイロンという）に昭和四五年四月に入社した。横浜駅から相模鉄道に乗って確か厚木駅の一つ手前の海老名駅で降りると、駅横に一軒だけ駄菓子屋があるだけで、あとはほとんどが田園風景の田んぼ等で、その田んぼの奥に大きな工場群が広がっていた。本社までは駅前からバスが運行しており、大半の乗客はアツギナイロン前バス停で降りる専用バスのようになっていた。

本社に着いて人事課に顔を出せば、すでに私の居住する寮は決まっており、若い男性の社員がその寮まで案内してくれた。一応、今日からの寮での暮らし方や、三ケ月間の研修期間中の注意事項等を書いた書類を手渡され、これをよく読んでおくように説明を受けた。すでに私が会社に到達した時には同期の新入社員が入寮している人も多く居た。驚いたのは、工場の周囲に鉄筋コンクリート造陸屋根四階建の寮が十数棟建っており、四人が一部屋を利用していたため、少なくとも二〇〇〇～二五〇〇名の社員が寝泊まりしていたと思う。私の大卒の同期の入社は男子一六五名であったので、三ヶ月間の間は我々のために三～四棟の寮を空けなければいけなくなる。その寮には全員女子社員が住んでいたため、三ヶ月間は我々のために移動しなければならない。そこで移動するのに毎年いろいろな問題が生じ、大変であるということが噂になっていたようである。一番大変な事は食堂、風呂である。食堂と風呂は一ヶ所に塊っており、利用はほぼ同じ時間帯であるため大混雑している。

そのため原則として部屋割りがあり、順番に利用することとされているが、場合によっては時間帯がずれたり、仲良しと一緒に食事をしたいという人も居たりで、決まり通りにはいかない。入寮生は若い独身の女性であり、そこに二二～二三歳の大卒の新人が一緒に暮らすようになればなおさら大変である。夜は九時までであれば寮間・部屋間の移動は可能であるので、仲良しの友達の部屋に集まって談笑したり、料理を作って食べたり楽しんでいる人が大部分である。時間が来れば自分達の部屋に帰らなくてはならないし、九時半になれば消灯しなければならないがなかなかそうはいかない。朝の食事、洗面も大混雑である。三ヶ月の研修を終えて、我々は本人の希望も優先されるということであったが、大半は全国の支店に新入社員は配属されることになる。余談であるが、この三ヶ月の間に我々の同期のうち三～四人は恋愛関係により結婚した者もいる。

希望は大きく分けて本社に残るか、工業に残るか、全国に配置されている支店に行くかの選択である。全国の支店といっても各県には必ず一つ支店があり、大都市圏では二〜三支店あるところもあった。私は支店に行って一生懸命頑張りたいと言うことを書いて希望書を提出した。これが私の今後に大きな影響を与えることになったと思う。研修期間三ヶ月を終える一週間前に勤務地が横浜第二支店と通知された。厳密に言えば全国の支店はアツギナイロン商事（株）という別会社である。その時は第二支店ということであるので、おそらく第一支店もあるのではないかくらいは理解していた。

支店に初出勤する日、八時前に支店に行ったら、やはり予想通り横浜第一支店、横浜第二支店の看板があり両支店は同じ事務所であった。中に入ったら三つの島があり、一つは第一支店、もう一つは第二支店で、その中央部の島が経理・総務部門となっていた。もちろん、支店長は二人居て、最初の各々の支店長の紹介で第二支店がどのような支店であるかがやっと理解することができた。アツギナイロン商事は大きく営業業務を分けて、ストッキング部門、タイツ部門、ランジェリー部門に分けられており、私はタイツ部門に所属されることになっていた。ストッキングもタイツも全国シェアーではアツギが一番であった。また横浜支店（第一・第二とも）は全国の支店の中でも売上高は常にトップであり、全国の支店の中では注目を浴びており、本社からも注目されている、そういう点ではやりがいのある支店ではあった。

サラリーマン生活にも慣れ、仕事も覚えた頃に大きな転機が訪れた。それは給料の他に三ヶ月に一回支給される奨励金の制度があり、本社が各支店の規模、売上げ等を吟味して目標の売上高を決め、その目標の売上高を達成した場合に、一定の割合で奨励金が支給されるという仕組みである。

当時ストッキング部門の横浜第一支店は、ストッキングからパンティストッキングに需要が変化していた時期であり、一早《いちはや》くパンストを開発したアツギナイロンは、生産が間に合わなくて営業をする必要がない状態であった。もう少し詳しくいえば、ストッキングの場合は片方に電線が走っても片方だけ取り替えれば穿くことができるが、パンティストッキングは、パンティとストッキングが繋がっているため、片方に電線が入れば、もうそれは穿けなくなってしまう。価格はストッキングよりもパンストの方が倍近く高くなる。したがって数量・売上高ともに大変な伸び様であった。

何もしなくても注文はどんどん入ってくるといった状態で、当然売上げは増加し奨励金の支給額も多くなる。その支給額は横浜第一支店の社員数に割り当てられ一人当たり三万五〇〇〇円程度で、三ヶ月に一回は給料とほぼ同額が支給されることになる。私は横浜第二支店でタイツ部門である。秋から冬にかけて需要の多くなるタイツ（婦人・子供タイツ）は、真夏の最も暑い時期に鞄一杯に見本を入れて注文を取りに回らなければならない。大抵の得意先は、こんな暑い時期にタイツの話しもしたくないと言ってとりあってくれない。汗を掻く割には成績は上がらないので、支店の目標はなかなか達成することができない。同期は四人で、二人が第一支店、あとの二人が第二支店と割り振られただけの違いで、三ヶ月に一回、片や三万五〇〇〇円が支給されるが私はまったくいただけない。

支店長、先輩に抗議するもそのような仕組みであり、先輩達も同じ境遇であるのでどうしようもないのである。第一支店の営業マンは昼は映画館に行って映画を観たり、寮に帰って昼寝をしたりしていてもノルマは十分に達成でき奨励金はもらえる。私は横浜第二支店であり一生懸命働いてもなかなか成績は上がらない。ただ閑散期に頑張っていれば、繁忙期は売上げが上がるということもないではないが。しかしこんな不公平なことがあるだろうか。

さらに横浜第一支店と横浜第二支店は会社の借り上げ社宅でアパートが同じである。アパートには同僚一〇人が住んでいたが、私はデパート、スーパーの量販店が担当であって、当時デパートの定休日は水曜日が多く、デパートに合わせて私は水曜日が休みとなり、その替わり土・日が出勤日となっていた。したがって一〇人のうち私だけが休みが違っていたので、本当に寂しい生活を余儀なくされていた。この横浜第一・第二支店は、横浜高島屋を担当しており、横浜高島屋は全国のデパートの中でもアツギナイロンの売上高は常に一番であったので、アツギナイロンの本社でも最優先として取り組んでいた。一日の売上げ、売れ筋・カラー、サイズ等を逐一調査しており、大変な力の入れ様であった。

第一支店は課長が担当していたが、第二支店は私が担当していた。土・日曜日が大変で精神的にも肉体的にもオーバー気味であった。しかし、こんなことで一年もたたないのに会社を辞める訳にはならないと考えながら毎日を過ごしていた。そのような私の仕事振りを見ていた第二支店の上司の課長さんがある日、私を喫茶店に連れ出してこんなことを話してくれた。

ちなみにアツギナイロンの営業はルート営業であるので、得意先はほぼ決まっていた。その課長さんは、自分の得意先は五〇軒ぐらい持っており、この得意先の場所、売上高、集金日（当時は営業社員が売上げの集金まで行っていた）、どのような素材・色の売上げが多いか、さらにその得意先毎の経営者・従業員の性格等も把握しており、一ヶ月の巡回の計画を立て、その計画通りに巡回していくということであった。この課長さんは、アツギナイロン商事の営業マン約一二〇〇名の内、売上げは常にトップスリーに入っているという有名な営業マンである。トップスリーに入れば本社から特別に奨励金として、海外旅行と小遣いも支給され、すでに五～六回は表彰されていると言われている人であった。課長さんによれば、「営業マンというのは商品を売るだけが仕事ではない。売上げてもその代金を回収しなければ会社は儲からないし売ったことにはならない。そのためには得意先と集金日を決め、その集金日には必ずその得意先に集金に行くこと。そうすればその得意先の経営者あるいは経理担当者は、あの課長さんは必ず今日集金に来るからお金・小切手・手形を用意しておいてくれる。だから集金率は常に一〇〇パーセントである。他の営業マンは、「行き当たりばったりで集金日になっても取りに来ないことも多い。また、集金日でもないのに集金にくる」といった具合で、月末になれば支店長は営業マンが集金をして帰って来るまで、ドキドキしながら待っているというのがどこの支店も同じようであった。また、その課長さんは定期的に得意先を回っているので、得意先としては店頭に並べている商品の売れ行きがわかり、在庫も調べて、店員さんが注文をする分まで課長さんが全てやってくれるので手間が省け、課長さんが注文証を書くようなもので自分の売上げも増えることになる。

また、どうしても月によっては売上げの目標が達成できない場合もあるが、彼はそんなことは一度もなかったということであった。それは、自分の売上げが少ない時は、得意先を考えあそこの店であれば多少の在庫を持ってもらえるということがわかっているので、お願いすれば必ず了解が得られるということである。それは、得意先の方から相当な信頼を得ているからだと教えてくれた。どうしても定期的に行けない場合は、前もって電話で断りを入れておくことが大事であると言うことも話してくれた。また、時間を決めたら、絶対時間に遅れたらいけない、時間に遅れるといいのは相手方に余分な時間を拘束することになる。それはまた相手を軽んじていることにもなる。T君が例えばアツギナイロンの社長から明日の朝、一〇時に社長室に来てほしいと言ったら、君は絶対遅れては行かないだろう。

　少なくとも一〇分や二〇分前には会社に着いているはずだと思う。それは、自分より相手が上司である、年上である、また尊敬するような人であれば、おそらく遅れないであろう。これで君の考え方が相手には十分わかるから時間は守らないといけない。これは営業だけではなしに何でもそうだと思う。私はこの考え方を今でも実行しており、若い人にもその考え方を教えている。

　この話は課長さんが何十年もかけて培ってきたものであり、大学での講義・どんなテキストよりも崇高な教えで得難い教訓だと感じている。

　さらに私に言ってくれたことがあり、この事で私はアツギナイロン商事でもう少し頑張ろうという気持ちになったのである。おそらくそれは東横線の綱島駅だったと思うが、その駅を降りたらすぐ前に大野屋という婦人服の専門店があり、小売店であるがかなりの売上げを上げている店であった。この店は駅前にあるため電車の乗降客等が多く、広告・宣伝効果は抜群であるので、各メーカーは必死になって営業に力を入れている。約一五年程前はアツギナイロンもこの店に商品を納めていたようであるが、今は一切取引はないと言うことである。課長さんも何回か営業に行ったが取引ができなかった。その後、多くの営業マンが支店の代

コインパーク の魅力

実録・すべて借地で年商1億円
福﨑 茂樹 著　四六判　142頁　定価1,200円＋税
ISBN978-4-904842-23-2

将来の年金対策と生活基盤のために事業を開始して6年。今やすべて借地で62カ所を運営し、年商1億円を超えるまでになった著者の、コインパーク事業のノウハウを紹介する。

不動産コンサルティングの真髄

企画書から導く土地活用の成功事例54
川延 耕一 著　B5判　180頁　定価2,750円＋税
ISBN978-4-904842-24-9

公認不動産コンサルティングマスターとして、数多くのコンサルティングを成功に導いた著者が、不動産会社が地場でいかに土地活用を行っていくか、そのノウハウを紹介する。

実践「ホームステージング」が売買仲介を変える

家を売る前に読む本　出来るだけ高く、出来るだけ早く
清家 愛実/小寺 秀樹/牛迫 敬太 共著
四六判　152頁　定価1,600円＋税　ISBN978-4-904842-22-5

「ホームステージング」とは、「生活している家」を「買いたい家」に変える手法。①物件価格のアップ、②販売期間の短縮、③売却時のトラブルの減少などのメリットがあります。

不動産業者のためのマイナンバーQ&A

マイナンバーと不動産取引関係者の対応
立川 正雄 著　四六判　142頁　定価1,500円＋税
ISBN978-4-904842-26-3

不動産会社はマイナンバー制度にどう対応すればいいのか？不動産取引関係者に特化したマイナンバー解説書。賃貸仲介・管理、サブリース、保証、売買・売買仲介等全ての業態に対応。

次世代・仲間たちへの伝言

営業成功を導く5つの秘訣、充実生活に必要な５つの視点を収録
田中 信孝 著　四六判　160頁　定価1,000円+税
ISBN978-4-904842-32-4

筆者が、次世代を担う若者や同世代の仲間たちに贈るエッセイ集。営業活動を成功に導く5つの秘訣、充実した生活を送るために必要な5つの視点などを、筆者が長年にわたり培った経験に基づき紹介する。職場や日常生活の会話で活用できる“面白い話”なども多数収録。

本欄でご紹介するのは、不動産経営実務バインダーシリーズです。本商品は書店では取り扱っておりませんので、弊社へ直接お問い合わせください。なお、弊社ホームページでバインダーおよび書籍の詳細な内容・目次がご覧になれますので、ぜひご覧ください。

● 自社独自の不動産取引契約書がHPからダウンロードして作成できます！●

民法改正に対応した契約書式

『不動産各種契約書・特約・管理』342 書式

編集「協力助言」：九帆堂法律事務所

■ 書式価格：1書式1,000円から購入でき、一分類セット購入では割引価格になっています。

●本書の内容

本書式は不動産取引にかかわる①『建物賃貸借』、②『建物賃貸借・ビル・事務所・店舗賃貸借』、③『賃貸借関連文書』、④『土地賃貸借・普通借地権・普通借地権設定』、⑤『不動産売買・交換・土地売買・借地権売買』、⑥『不動産開発等価交換マンション・等価交換協定書・合意書・契約書・交換』、⑦『管理委託契約書』まで７つに大分類したものです。

● 借地の実務に関するさまざまな問題を提起・解説 ●

底地・借地の実務

手付かずの底地・借地市場の基礎からコンサルまで、実例をもとに解説。すぐに活用できる契約書等の関連書式20文書のCD-ROMを添付

著者：立川 正雄（弁護士）

■ A4判　バインダー形式　　■ 定価 28,000円＋税（送料別）

◆ 本文・資料304頁＋21種の資料＋関連書式CD-ROM（ワードまたはPDF形式）

●本書の主な内容

借地の基礎知識／旧法借地の更新／更新拒絶／更新料／地代の値上げ・値下げ／地代不払いによる借地契約の解除／増改築禁止特約／条件変更の借地非訟手続／借地権の譲渡／借地権譲渡の借地非訟手続／借地の競落（公売）による移転／底地の売却・処分／借地の整理（借地関係の解消）方法／底地・借地の共同売却／底地・借地の等価交換における仲介手数料／借地の転貸／借地権と相続／借地の明渡の強制執行等

表として訪問しているがなかなかうまく行かない。君はこの大野屋と取引することを試みてみないか。これが成功すれば横浜第一支店、横浜第二支店どころかアツギナイロン本社にとっても大変なことである。

君の名は一躍社内に知れ渡ることになると勧められた。ただこの時に言われたことは、下代《げだい》（商品の卸値のこと）を下げて売り込むことをしてはならない。下代を下げて取引をしてもらえば、他のメーカーが同じように下代で勝負すればいつか必ず他社に取られてしまう。だから君がサービスすることによって大野屋を管理できるように、すなわち課長さんのようにして取引をしてもらえるように頑張れということであった。

それまでの私は、愚痴ばかり言いながら仕事をしていたようなものなので、気持ちの面でも達成感を感じることができなかったが、何か目標ができたような気がした。早速私は、その大野屋という婦人服専門店に出向いて行った。綱島駅を降りれば誰でもすぐわかる店が大野屋であった。さすがこの店であれば、各メーカーが得意先として欲しがるのは無理もないと感じる程の風貌・派手やかさがあった。私はアツギナイロンの田中ですと名刺を差し出すと、その大野屋の経営者は、アツギさんね、内《うち》は関係ないよと言われたので、私は新人ですと言って何とか話しをしようとしたが、内の事はアツギさんは皆んな知っているので、帰って聞きなさいと言われて奥の方へ行ってしまった。店員は四～五名居たので、名刺だけでもと言って皆さんに渡して帰った。

　その後、一週間に一回のペースで訪問することとして、行くたびに断られ、いやな顔をされて追い返される日が続いた。ある時経営者が居ない日があり、店員さんたちと少し話をすることができた。店員さんたちも社長がアツギさんとは取引しないと言っている以上、私と話しをすることができなかったらしい。社長が留守にしている時は、今日は三時まで会議があるから帰って来ないと言ったくれた時はチャンスであると思った。私もまだ二三歳と若いし、店員の皆さんと同世代であるので話しはそこそこ合っていたような気がしていた。ある日、社長が居ないということで話しができたので、その時に、なぜ社長はアツギナイロンをそんなに嫌がっているのかを聞くことができた。

　Tさん、そんなこと何も聞いていないのと言って話してくれた。それは、大野屋と同業者であるが大野屋よりずっと規模が小さく、しかも売上げも少ない店で社長同志が話し合っていた時、アツギナイロンのことが話題になり、その同業者は大野屋よりずっと売上げが少ないのに、下代が低かったということが判明したそうです。そこで社長は、信頼していたアツギさんに裏切られた思いで理由は何も言わずに取引を止めてしまったそうです。課長さんが言っていたことは、このことを言っていたんだということが理解できた。

　それ以来、私は大野屋で下代の話しは一切しないようにして、商品の売れ筋の陳列の方法、ディスプレイの方法、商品を入れる無料の袋のサービス等の話しを中心に、新商品の説明なども社長に知られないようにアドバイスをしていた。それで売上げも少しずつ増加してきたそうです。

途中で社長が帰って来て話し合っている所を見られたりもしたが、またアツギさん来とんかというくらいで、特に不機嫌な感じもなくなっている様でした。店員さんたちもそのように感じていた様で、社長がいる時でも私と話しをするようになって来た。社長も店員から話しを聞いてうすうす気が付いていたようだった。もう十数回も訪問したであろうか、ある時店員さんたちと話しをしている時、奥から社長が出てきて、「アツギさん、あんたは内をどうしたいんや」と言ってきた。

そこで私は「タイツを入れる商品棚を置かせてほしい。そしてその商品棚に売れ筋のいい商品から順番に並べ、これ等の商品が売れやすいように売れ筋の悪いタイツも並べる。そして効率よく在庫の管理もさせてほしい、これからこのディスプレイは私が全部やります」と言ったところ、「よしわかった、T君の好きなようにしたらええ、そのかわり今の売上げより少なくならんように」と言ってくれた。本当に身震いがする程うれしかった。それより初めて私の名前を呼んでくれた方がうれしかった。店員さんたちも大変喜んでくれてよかったねと言ってくれました。

　私は早速、会社に帰り課長さんに報告をしたいと探したが見つからなかった。とり合えず支店長に取引ができるようになりましたと話したら本当に喜んでくれて、自分も何回か行ったことがあるが、取引してもらえなかったということを話してくれた。この横浜第二支店が取引をすることができたということは、横浜第一支店であるストッキング部門も取引ができるということであり、第一支店長からも大変喜んでもらえた。

　それからは横浜第一・第二支店ができることは支店全員が協力をしてくれて、大野屋の売上げも以前よりは増加し、アツギナイロン商事、大野屋、私の生き甲斐と一挙両得ならず一挙三得とでも言いたい気持ちであった。

　その後アツギナイロン本社から奨励金をいただき、課長さんに食事のお誘いをしたが、課長さんは、君が頑張ったのだから自分のために使いなさいと言って辞退されました。

　その後私は厚木ナイロンを退社することとなったが、私が大学を卒業して初めて勤めた会社であり、このアツギナイロン商事での経験、横浜第一・第二支店の全国の支店の中での立ち位置、課長さんの自分の体験からの教えは、今でもそれ以降の私の人生の大きな教訓となっている。アツギナイロン商事に感謝し、今でもバレンタインのお返しは、アツギナイロン商事のパンストと決まっており、女性からは大変喜ばれて、最近は特に数は少なくなったが、私の感謝の気持ちは変わらないでいることが何よりもうれしい。

営業の基本理念として考えたこと

私は、これから自分の事務所を多くの人に知ってもらい、どのような活動をして行けばいいか方針を立ててそれを実現して来た。どのような書物にも書いていない、自分独特の、すなわちオリジナルな考え方によって、自分では多少の成功と自負している。それをこの本を読んでいただいた方々に、一つの参考として考えていただきたいとまとめたものである。

（1）一日に五人と知り合いになり名刺を渡すこと

私が事務所を開設した当時は、受験仲間は多少いたものの、出身は兵庫県であるので九州ではほとんど知り合いはなく、公官署の人、社会人、自由業の人、学校の同窓生等の知人もまったくといっていいほどいなかった。そこで最初に考えたことは、私はこのような仕事をしているということを、できるだけ多くの人にどうして知ってもらうかということであった。今は学生であっても、年寄りの人であっても、食堂に勤めているおばさんであっても、スナックのママであってもいい。将来的にはその人だけではなく、その人の家族、知人からでも相談を受けるようになればいいと考えていた。それについては、私の知っているTさんという人がいるから紹介をしてやる、ということを言ってもらえればいいのである。私の経験上であるが、我々自由人は飲食店、飲み屋、スナック等に行っても、自分から名刺を出す人は極めて少ない。

逆に、おたくはどのような仕事をしていますかと尋ねられても、なかなか言わない人が多いと思う。これは名刺を出すのに大変いいチャンスであるのに、そのチャンスを逃すのは本当にもったいないことであると思う。一日に五人、一ヶ月二〇日の営業日と考えれば、一ヶ月で一〇〇人程度の人と知り合いになることができる。一年間で一二〇〇人前後、これはどのような広告をするよりも、直接話をするのでその効果は大変大きいものであるといえる。

この効果は一～二年後から徐々に表れて来たように思える。それから他の資格者、企業、そして県をはじめ各市町村へとあいさつ回りも行うようになった。私はこの方法で多く人、会社、資格者等を知ることができ仕事をいただくことができたので、ぜひ、営業する場合の一つの参考として心に留めていただきたい。自分がどのような仕事をしているかというのを知ってもらうためである。

（2）断られた会社の方がいい得意先である

私はサラリーマン時代があり、アツギナイロンの横浜第二支店で苦戦し、勝ち取った大野屋の得意先の話をしたが、その時の経験が大変参考となり、自分が事務所を開設した時から実行することになったのである。それは、誰しも開業すれば各企業を紹介してもらうなり、直接企業に行ってあいさつをするというのが常套《じょうとう》手段であると考えられる。そこで挨拶に行けば初対面であるので一応常識のある会社は、「わかりました。何か機会があればお願いしますから、よろしく」と言って対応してくれるところが多い。

ところが、「我が社にはすでに○○さんが居て、長年お世話になっているので結構です」と言われる会社も結構多い。こういう場合に皆さんはどちらの会社にまた挨拶に行きますか。再度訪ねて行くとしたら、愛想のいい会社の方に行きたいとなると思うが、私は無愛想に断られた会社に何度も訪ねて行くことに心掛けた。三回も四回も断られても訪ねて行くというのは勇気が必要で嫌なものである。しかしこれは絶対的なチャンスである。私が経験した多くの会社は、もしも私にチャンスがあって仕事をさせてもらえれば、もう上得意先を得たと言えるのである。

すなわち私が最初に訪ねて行った時のように、この会社に私と同じ同業者が営業に来ても、その会社の担当者は、「我が社はTさんが居るし一生懸命やってくれているので必要ありません」と断ってくれる。このような理由から私は、断られた会社が本当にいい得意先であると考えている。

一つ例として挙げれば、何回も訪ねて行って無愛想に断られ、なかなか足が運べなかった大企業の担当者からある日電話が掛かってきた。「Tさん、貴男はよく我が社を訪ねてくれるが、このような仕事はできますか」ということであった。早速急いで訪ねて行ったら、いつもの無愛想な担当課長が出てきて応接間に通してくれた。話を聞くと、「我が社には前々からお願いしているIさんがいるが、年も取っており、細かいこと、難しい仕事は苦手でやりたがらないらしい。そこでTさんはまだ若いし、何回も訪ねて来ているしと思って電話をした」ということであった。それはぜひやらせて下さいと言って受けたのが最初であった。

案の定、私が考えていたとおり、それ以降は現在の今までずっと仕事をさせていただいている、大変ありがたい企業である。このような例は他にもたくさんあり、本当にありがたいことだと思っている。皆さんも断られれば断られる程、得意先となれば本当にいい会社になるということを参考として、ぜひ頑張っていただきたい。

(3) 大きい仕事はもちろんであるが、小さい仕事ほど丁寧に行うこと

一般的に大きな仕事ほど、また金額が大きくなるほど報酬は高くなるものである。我々の仕事も、その物の金額が高いほど利率は低くなるものの、絶対額の報酬は高くなる。私も過去に一番大きな報酬は、一件で二〇〇〇万円という仕事を行ったことがある。また小さい仕

事では、一件五〜一〇万円程度のものもあり、依頼を受けた段階で報酬の高低が判明するものである。

報酬の高い仕事は、規模も大きく複雑であり特殊な場合が多いため、当然日数もかかり気合いも入って取り組むことになる。また場合によっては、他の専門家の意見も拝聴することも多々必要になってくるものである。報酬の少ない仕事に対しては気持ち的にも楽で、この程度でいいかという安堵感みたいなものがあるのは正直なところである。しかしそれは、そうであってはいけないと言うことを開業当時から考えていた。

依頼者の方は、地方公共団体であれ、企業であれ個人であっても、専門家にお願いする報酬額が五万円あるいは一〇万円程度であれば申し訳ない気持ちがあるということは、依頼者の立場に立てばよくわかることである。実際に依頼を受けた時に「今回はこのような小さい仕事で申し訳ございません」とか「今度は大きな仕事を持って来ます」というようなことを言って来られる。そこで安易な気持ちで仕事をすれば、依頼者側にもその本意が伝わることになり、マイナスの評価を逆にされてしまうことになると考えるものである。

したがって、小さい仕事であればある程細心の注意を払い、依頼者が納得していただくような仕事をしなければならない。そうすれば依頼者も、「このような小さい仕事でもTさんは一生懸命頑張ってくれた」と言って感謝を抱いてくれることになる。報酬額相応の仕事でいいと考えておれば、依頼者もすぐに気が付き、感謝の念は起らないだろうと考える。

そのような姿勢で丁寧に仕事に取り組んでいけば、今度は大きな仕事を持って行かなければいけない気持ちになり、私は過去に何度も大きな仕事をさせていただいた。これも営業のやり方の一つの方法ではないだろうか。

（4）相談に来られたら相談料はいただかないこと

我々自由職業人は相談を受ければ、三〇分で五千円とか一時間で一万円という規定があり、その相談の都度いただいている業界も多い。当然一定の時間を費やすので、報酬規定によっていただいても特に問題はないと考えている。

ただ、これについては、相談者の側に立てばいろいろな想いがあると思う。依頼者によっては相談料を取ってもらった方が、かえって相談しやすいという人もいるだろう。また自分の考えと異なった答弁をされれば不愉快となり、支払いたくないという人もいるだろう。さらに人の紹介により相談に行けば、その先生のことはあらかじめわかっているので、何でも相談できるという利点もある。逆に相談を受ける立場になれば、電話帳を観て、または飛び込みでくるような客は、歓迎するような客ではないと考えられることが多い。

いずれにしても初めて相談にくるというのは、相当の勇気と不安がいるものだということも十分に理解できる。そこで、せっかく私の所へ相談に来てくれた人は、何かの縁があるのだとして受け入れるようにしてきた。そして相談を終え、帰り際に「相談料はいくらですか」と言われれば、「今日は○○さんの紹介ですから結構です」とか、「何かの縁ですから結構です」と断ることにしている。「紹介者の顔もあるのでぜひ取ってもらいたい」との押し問答となることもあるが、「じゃあ、今度仕事があればぜひ私の方へおいで下さい」と言って帰ってもらっている。そうすれば感情的に「Tさんは親切に考えていただき、しかも無料で本当にありがたい」と考えてくれるだろう。その人はおそらく、私の仕事となるようなことがあれば、事務所を訪ねてくれるようになり、また自分の知り合いに宣伝をしてくれるかもしれない。

逆に相談料を少しでもいただけば、相談の対価として支払った訳であるので、当たり前であるという考え方も成り立つ。そうであれば、効果としてはいただかない方が得策ではないか。後日「本当にお世話になりました」と言ってお菓子を持って来る人もいれば、商品券を持ってくる人もいる。商品券であれば、五千円ということはないし、三万円程度の商品券をいただくこともあり、どちらが得であろうか考えてみる必要があるのではないかと思う。

これも営業の一つの方法ではないかと考えてきた。

（5）自分の能力を超えた仕事はやらないこと

事務所を設けて長年仕事をしていれば、自分の専門以外の相談も含め、過去にいろいろな依頼を受けてきた。専門家として、できるだけのことはしたいし、事務所経費、人件費等も必要であるので、せっかく依頼された仕事を断るのも、もったいないと考えることも多々あったといえる。しかしながら自分の能力を超えている場合、他の専門家の力を借りてしても、依頼者の目的にかなうことが難しいような案件は、かえって依頼者に損害を与えるかもしれないし、また信用を大きく失ってしまうこともある。そのような場合は、勇気を出してお断りし、また同業他者の人を紹介すると言ったことも大事だと考えている。

これは何も恥じることではなく、正直に説明することがかえって依頼者の信用を得ることになると思う。何回かそのようなことがあったが、今でもその依頼であった会社とお付き合いをしていただいている。逆に、依頼者の依頼目的と異なる結果となるような場合でも、依頼者がそれでもいいと言う場合はお引き受けして来たし、反社会的な会社の依頼の場合でも、私自身が納得できる仕事であると考えればお引き受けするという姿勢でやって来た。大変難しいことだと思うが、自分の能力を超えているというような場合は、勇断を持ってお断りをするという態度が必要であると考えている。これも一つの営業のやり方として参考にしていただければ幸いである。

第四章　今は昔

青春の想いの一ページ

草花の甘い匂いをたっぷり染み込んだ風が、春の優しいお天道様に導かれながら、この世の色とは思えぬ程、色鮮やかなイエローのワンピースがこちらに向かって歩いて来るではないか。あの日立金属を想い出せば、今でも鮮明にその状況が浮かんで来る。

あれからちょうど、五二年も昔のことであるが、自分でも恐いもの知らずの学生だったと考えている。

私は広島県の出身でT君は兵庫県の出身であるため、新入生の頃は大学の寮に入り顔見知り程度であったが、相方が寮を出てから急に親しくなった友達である。昭和四三年の春、大学三年生になったが大学の春休みは受験、卒業式、入学式等があるため二ヶ月半程度の休みがある。そこで、他県から来ている学生は地元に帰りアルバイトをすることが多かった。T君と帰省するか否か話し合った結果、地元へ帰れば往復の電車賃が必要であり、こちらに残れば食事代が必要となる等も参考に、どちらからもなく留《とど》まることを決めた。

T君は前期の授業料を稼がねばならないという事情があり、私はその必要性がないもののボーッとしていても面白くないから、アルバイトをしようということになった。

ところが、何の当てがある訳でもなく、さてどうしようかと思案していたところ、ふとT君が、国鉄戸畑駅の南隣に大きな会社があるからそこへ行ってみよう。あそこだったら大きな工場もあるし、一人や二人ぐらいだったらアルバイトをさせてくれるような気がすると言い出した。

さっそく西鉄電車（当時はチンチン電車といっていた）の枝光駅から電車に乗り、日立金属の玄関がある沖台通りの電停で降り立った。電停を降りたら正面に日立金属の社屋と大きな工場があり、流石に上場会社だけにあって威風堂々と建っている。

玄関を入ったら受付の女性がいて、「いらっしゃいませ」と丁寧に挨拶され導いてくれたが少し恥しい気持ちになった。何か御用ですかと言われたのでT君は、人事課の課長さんにお会いしたいと言い出した。そうしたらその受付嬢は、お約束はしておりましたかと聞かれたので、していませんと答えた。それでは聞いて来ますので、しばらくお待ち下さいと言われイスに座って待っていた。そこへ年は三〇～三五歳位の男性が出て来て、どのような件でしょうかと聞かれたので、アルバイトをしたいのでお願いしますと答えた。

彼は人事課の係長さんで、一応応接間に通してくれ、「そもそも我社は今、アルバイトを募集していません」と丁重に断られた。しかしながら、T君はしぶとく「私と合わせて二人何とかなりませんか、このような大きな会社であるので二人くらい、何とかなるでしょう」

と必死に頼み込んでいた。あまりの熱心さにその係長さんは、「じゃ少し待ってて下さい」

と言って、工場の班長さんと伍長さんに電話をしてくれたところ、学生のアルバイトだったらいいよと言ってくれた。そこで二人の計画は何とか達することができたが、さらにT君は話しを続けた。

「本当にありがとうございます」と言いながら、「せっかく、一ヶ月のアルバイトをさせてもらうことになったんですが、一ヶ月通勤する電車代が無いので前借りさせてくれませんか」と言った。正直、私は恥ずかしかったがT君は必死でお願いしていた。

その係長さんは、「それはできません。我が社は大きな会社であるので、そんなことはできない。もし仮にそのような制度があったとしても社員に限定されます。定期代を貸して君たちが明日から出て来なかったらどうします」と言われた。しかしながら、「明日から来てもいいと言われても交通費がなければ来れません」という遣《や》り取《と》りをした結果、その係長さんが、自分のポケットマネーを二人に貸してくれた。これで二人は一ヶ月間アルバイトをすることができたのである。これも若さ故、厚顔無恥によってできたことであると反省している。

あの時の係長さんには大変お世話になり、アルバイトが終ったとき、最後の挨拶をしただろうか今では定かでない。本当に申し訳ございませんでした。兎にも角にもこうして翌日から二人のアルバイトが始まった。その仕事の内容は、ベルトコンベヤーにて流れて来る鋳物の不純物を電動バインダーの砥石で削る仕事である。電気火花が発生するため防塵マスクおよび防灰ゴーグルは義務付けられ、必需品として提供されていた。

これは今までのアルバイトの中では最もキツイ仕事であったと思う。通勤は西鉄電車で私は昭和町の電停から乗り、T君は尾倉町の電停であり、中央町電停が合流点となっていたため、そこで待合わせをして戸畑区の沖台通りの電停で降りるのである。ここで二人の間の大問題が勃発することとなる。

工場の出勤は朝が早く、八時で社員は遅くとも一〇分前までに出社している。我々学生としては八時の出社は本当に辛い。朝七時前に起き食事もせずアパートを出て行かなければ間に合わない。電停を降りれば真横に小さな駄菓子屋のような売店がある。その店では、日立金属の通勤者を顧客対象としたような品揃えがされた商品が陳列されている。例えばタバコ、ワンカップ、弁当、駄菓子、おにぎり等が売られていた。

これが二人の間で大バトルとなるのである。

朝は朝食なしで日立金属に入らなければならない。お腹が空いた状態で昼まで働かねばならない。その駄菓子屋に巻寿司が置いてあって、この巻寿司を半分に切って当時二〇円で売っていたものと思う。それを私が毎朝買うのであるが、T君はお金が無いと言って我慢している。私はその半分の巻寿司を買って、またその半分をＴ君にあげることで一時の空腹を紛《まぎ》らすこととなった。

その巻寿司はお腹が空いているため格別に美味しい。本当であればその半分の巻寿司をそのまま食べたい思いであった。その巻寿司は海苔で巻いて中に干瓢《かんぴょう》とホウレン草が必ず入っており、その他にチクワ、玉子等も入っていた。これを私が手で半分に分けるわけであるがなかなか上手く割れない。海苔の上から巻寿司を千切るような格好で分けるのであるから、最後は干瓢とホウレン草が一緒になって千切れてしまう。Ｔ君にあげる分はグシャッと潰《つぶ》れ若干、玉子とチクワ、寿司メシが残る程度で全体の三分の一程度の量となってしまう。これをＴ君にあげるのであるが、大変喜んで美味しいと言って食べていた。

私は自分がお金を払っているのであるから当然だと思っていたが、多少の気が引ける感じもないわけではなかった。ところが、毎日、ほとんど海苔とご飯だけを食べていたＴ君が何か不満を持っているような気を感じたことがあった。ある日、Ｔ君が私に、「おい！　Ｋ君、僕に干瓢とホウレン草が付いたそちらの巻寿司をくれんか」と言ってきた。「お前、何を考えているんか、僕だってこの巻寿司を全部食べたいのに我慢して分けているんだ。それ以上贅沢いっちゃだめだ」と言ってやった（本当は辛かった）。Ｔ君はその通りだと納得はしているようであるが、それでも不満を抱いているようでもあった。

今考えてみれば、巻寿司をほぼ真中あたりで手で千切《ちぎ》るのに、干瓢とホウレン草も一緒に切るのはなかなか難しい。しかしもう少し方法はなかったかと思うが、私が干瓢とホウレン草付きの巻寿司を最後まで食う事になる。一ヶ月間の全て！　悪気は決してなかったのであるが……。

今想えば爪を立てて渾身の力で切ればよかった、友よ、許せという感じである。

さて、アルバイト先の話を続けようと思う。

日立金属の職工さんと同じ食堂を利用させてもらい、食券にて定食をいただいていた。定食は職人さんも多いため量が多く会社の負担もあり、結構豪華であったので昼食時間が楽しみの一つであった。食事を終えると、事務所棟の屋上が陸屋根になっていたのでここに上がり二人で雑談することが多かった。

冒頭のイエローワンピースは実はこの場所での目撃なのだ。雑談しながら何気なく覗いた市道。こんなにも艶やかで清楚な黄色のワンピースに身を包んだ若い女性。悲しいかな顔ははっきり見えなかったが、目を閉じるとあの時のあの情景があの感動が今でも浮かびあがってくる。

我々の仕事の面倒を見て下さったのが班長さんと伍長さんであった。最初、私を見た時は、この学生はすぐに辞めるだろうと思われていたみたいで、つまり尻を割るだろうと考えていたようである。それに対してT君は信頼があったようである。班長さんも伍長さんも共に彼が気に入ったみたいで、自宅に遊びに来るよう何度も誘われていた。だが彼は決して遊びに行くことはなかった。班長さん宅も伍長さん宅も共に、若い娘さんがおられたのが原因かも知れない。ちなみに私は一度も声を掛けられることはなかった（悔しいじゃないか）。

いよいよ三年春の授業が始まるのでアルバイトは終りとなった。アルバイトの最後の日、私がいつまで続けられるかハラハラしておられた班長さんも伍長さんも、大いに喜んで下さった。また人事課の係長さんにもお礼を言って、感謝の気持ちを伝えた気がしている。アルバイトで得た金額はいか程だったか覚えていないが、二人でスナックへ飲みに行ったし、寿司屋にも顔を出した。もっとも我が友T君は、私と違って酒は飲まないし、変な遊びはしない真面目な男だ。確かにT君はモテた。特に中年の女性には！　笑ってはいけない。彼女たちには妙齢《みょうれい》な娘がいるのだ。大学祭でも綺麗で高価そうな訪問着を平気で借りてくる。それをどうするかと言えばこの私が着るのだ。女装して化粧をしなくても結構様になっていたのだ。

またT君は小学・中学とガキ大将だったが、長じて相手の話にジッと耳を傾けるタイプである。タイプとしては甘いマスクで背も高い。それに細身だ。女難の相ありだ。そんな訳で危険地帯に掛け参ずる時は、いつも私が同行した。私も恩恵を賜りいい思いもしたが、実に腹の立つものであった。

日立金属の思い出はアルバイトの募集もしていないのに、無理矢理採用してもらい、さらに通勤費の前借りまでお願いしてよくしてもらった。今考えれば、厚顔無恥で顔から油汗が出る想いである。自分もやればできるという体験をしたし、社会人との会話も十分にさせてもらい、今後の人生の大きな自信につながったと確信している。青春時代の想い出は、日立金属の話がつい出て来るというのは私だけでなくT君も同じであると考えている。

受験の苦しみと充実

私はK君と東京で同居していたことは別話で話したが、ある国家試験を受験することを二人で決意し、私はさっそく就職先を探すことになった。K君は転勤で大阪から東京に来たためその必要はない。早速、朝日・読売新聞を購入し、就職欄で会社を探す毎日が始まった。転職の条件は、通勤時間は一時間半以内であること、事務職であること、給料は生活ができ受験勉強ができればいい、ということを心に決めていた。

通勤時間については、専門学校に通う計画をしていたので、毎日の勉強時間も考えた結果、一時間半以内としたのである。また事務職としたのは、営業職は前の会社で経験しており、夜遅くまで仕事が終わってからの営業会議、飲み会、接待等がありなかなか早く帰ることができないことを知っていた。また給料は生活・受験のためのものであるので、主として授業料も含めて受験生活ができる程度でいいと考えていた。

さっそく履歴書を何通も書き、電話で申し込みができる会社は電話で、郵送で可能な会社には履歴書を送ることとし、面談を希望している会社については直接出向いて応募することにした。当時は昭和五〇年のオイルショックの前であったので、どこの会社も景気が良く求人欄にも多くの会社が急募していた。

ある日、読売新聞の就職欄を観ていたら、私の就職の条件に適った求人会社が急募していた。その会社はT鉄鋼(株)といって、本社は大阪、支店は東京・大阪、営業所は高松・札幌にあり、当時の年商は四〇〇億円程度の中堅の会社である。しかも東京支店は神田町にあり、一時間半の通勤時間内であった。

給料は大卒の中途採用ということもあって同期よりは若干低いものの、昭和四七年七月入社で約七万二〇〇〇円であったのでこれで十分である。その新聞の求職欄を見れば営業職、経理、審査、営業事務等若干名と書かれており、営業についてはルートセールスで各支店・営業所勤務可となっていた。これは私が条件として探している会社に合致していたため早速面接に行くことにした。確か墨田区の錦糸町にあるロッテ会館が面接会場であった様に思う。面接会場に行けば、すでに数人の応募者が面接会場とは別の部屋で待機していた。

私の番になり面接会場に入るよう促され、中に入ると三人の面接官が待っていた。中央に三七～三八歳程の課長（後でわかったことであるが）さんと、両側にはその部下の比較的若い人が座っていた。私は考えて来た通り事務職員を希望している旨をお伝えしたが、面接官の一人は、今私の会社は営業マンが足りないので営業をやってくれないかと言うことであった。私は新聞広告を観て事務職をやりたいと、前の会社で営業をやっていた理由も話し、ぜひそちらの方でお願いしたいと言うことで一歩も引かなかった。そこで中央に座っている面接官が、実は先程話したとおり、うちの会社は営業マンが不足しており、営業マンだけの募集であれば優秀な人が応募して来ない。

したがって、事務職も含めて募集し、そして営業をやってもらえるようにお願いしているということであった。それは私の考えている条件と異なるため、営業はできませんとお断りをした。ただ私も時間を費やし、交通費も使って来たので騙された様な気がして、この広告は詐欺じゃないですかと言ってしまった。いや、そう言う訳ではないですがと弁明するようになりいろいろな遣り取りの結果、私は辞退することとした。

ところが中央の面接官が、では審査課はどうかと言ってきた。これは私の考えであるが、支店長にお願いしてみる。この履歴書は預からせてもらって、一日待ってくれないか。内部で十分検討をして明日返事をしたいということであった。私はそれではよろしくお願いしますと言って面接会場を出て来た。

次の日、T鉄鋼会社の総務課（この会社は人事課はなくて採用関係も総務が行っていた）から電話が掛ってきて、採用されましたので会社に出て来るようにと言われた。さっそく会社を訪ねたら、上司の方との面接もあり、貴君のようなやる気のある社員がほしかったのでぜひ頑張ってほしいと言うことであった。そう言われると心苦しい気持ちにもなった。配属は面接の時に話しが出た審査課であった。私は審査課がどのような仕事をするのかも知らないし、受験勉強ができれば良い程度の考えで職を探していたので、かえって私の方が詐欺じゃないかという感じがして気が晴れなかった。

初出社の日、私は時間前に出社したが、私の机は指定されており、一つの島に総務課と審査課があり一〇個の机が並んでいた。審査課は一人で、私の上司は年齢が四五歳位の審査係長Yさんであった。さっそく紹介をしていただき、その係長の側に座った。Yさんの最初に私に言った言葉は、T君、一生懸命やらんでいいよ、ゆっくりやりなさい、資料は棚の中に入っているから、適当に観て同じようにやっていればいいよと言うだけで、何も具体的にする仕事は教えてもらえなかった。直感ではあるが変な感じであった。

我々の机は一つの島となっており、一番奥の大きな机に総務課長（面接の時に中央に座っていた）が座っており、その他は普通の机で対面式となっている。その中に私の上司であるYさんもいるのである。話の内容からすれば二人は同じ社宅に住んでおり、出勤も退社も同じ車で相乗りして数人で通っていることがわかった。通常の会話はYさんの方が年上であるためIちゃんと呼んでいるが、役職は課長でYさんは係長である。しかし私としてはほぼ理想的な会社で、受験勉強のしやすい環境であると安心をした。

ただ私も一応給料をいただくので、仕事の時間中は一生懸命仕事をするという心構えは十分にあった。最初のうちは総務課員と雑談をしたり、課長も入って会社の内容等も話してくれたりしていたが、私の上司は大半は○○会社に行ってくると言って夕方まで帰って来ない。これは日常になっていた様で、I課長は課も違うので注意することはなかった。

この会社は法務課もなく、他の課に該当しない事は全て総務課が担当していた。私に特別な仕事がなかったので、総務の仕事を手伝ったりしていたためI課長が可愛がってくれた。また経理に住友商事から定年退職したNさんが嘱託で来ており、この人の話もおもしろかったので三人でよく昼食を一緒にさせてもらった。

審査課の仕事も徐々にわかって来た。鉄鋼というのは重量で一トン単位で売買するのであるが、少なくとも五～一〇トン単位が最小で、大きな取引先は月に一〇〇～三〇〇トンの量の取引も行われている。当時メーカーからの仕入れはトン当たり五万五〇〇〇円くらいで、当社が取引先に売買するのはトン当たり七万円前後であったと思う。例えば、月に一〇〇トンの取引のある会社では、月に七〇〇万円の売買代金となり、その代金の支払いは三ヶ月から六ヶ月の手形というのが一般的であった。この会社の手形が三ヶ月であれば、二一〇〇万円の貸付けということになる。仮に六ヶ月であれば四二〇〇万円の貸付けとなる。

審査課は、この会社に二一〇〇万円あるいは四二〇〇万円貸し付けてもいいかどうかを審査するのが主な仕事で、大変重要な任務である。すなわち、得意先の会社の与信限度を決めるというのが審査課の仕事で、もしこの手形が不渡りにでもなれば大変なことである。そこでこの与信額を判断するため、各々の取引先の会社の経営状態を常に把握しておくことが大事であった。この大事な仕事をするのが審査課であるのに、Y係長は一生懸命しなくてもい い、ゆっくりしておきなさいと最初に言われたことは何だったのかと思ったが、私にとっては受験と言うことがあるので大変有難いことでもあった。

帰社時間の五時になればY係長も帰って来ているし、T君、今日はもう時間になったから帰ってもいいよと言ってくれるので私は大変有難く、お先に失礼しますと言ってタイムカードを押して五時一〇分頃には会社を出ることができた。それから私は五時一〇分になったら会社を出ることにしたが、当時どこの会社でも（工場などでは異なるようであるが）玄関入口の近くにタイムレコーダーを置いており、これを出社時と退社時に押すようになっており、押すとガチャンと大きな音がして他の社員に聞こえるようになっていた。そのようにしていたのかもしれない。私が帰ろうとするとタイムカードの音がするので、退社して行くというのが皆に知れ渡ってしまう。

最初は複雑な気持ちで、自分が一番に帰るのは申し訳ないという気持ちがあり多少の勇気が必要であった。女子職員だって早い人で五時になってから洗い物をして事務服から私服に着替え化粧を整えて帰るため五時半は過ぎている。その中でトップを切って私が退社をするので注目度は高い。ところが二〜三ヶ月も経てばそれが習慣的なものになり、特別に気にすることもなくなった。そのおかげで週二回の専門学校の授業を受けることができ、計画的な受験勉強をすることができた。

社員の中には、営業マンは午後六時から営業会議が始まる部署もあり、事務職だって早く帰りたい人が居るが、なかなか帰りにくいために妬む者もいれば、自分より先に帰る者がいるので帰りやすくなるといった人もいたようである。

よく言われたことは、おおーい、T君、早く帰れよ、君が帰らんとこっちも帰れないよと言われるようになったので益々帰りやすくなった。そして私は、タバコは吸っていたがお酒はほとんど飲めず、未だにビールコップ一杯も飲めば顔が真っ赤になるので、もう限界であると断っていた。したがって、社員との夜の付き合いは全部断っていたし、社員旅行も忘年会等も何かと理由を付け、約二年半程勤めたが一回も出席したことはなかった。

そういう訳で私は社内では変人と言われていた。それも大変有難いことであった。

給料についても私は中途採用で入社したため、同期の社員より若干低く、月給は七万二〇〇〇円くらいだった。これはアパート代の半分と専門学校の授業料を払い、他は食事代だけであったので十分に足りる額であった。私はこの時体験したことが、のちに大学で教えることになった時に大いに役立った。皆（学生に対して）さんが社会に出てお金を貯めたいと思うのであれば、一番効果があるのは勉強する事である。勉強をしていたら金を使う暇がない。だからお金はどんどん貯まって行く。皆さんが一〇〇〇万円稼ぐことはそんなに大したことじゃないと思う。年酬が二〇〇万円の人は五年で一〇〇〇万円となる。しかしながら、五年で一〇〇万円貯めるとなると五年間でも一〇年間でもなかなか難しいと思う。それはいろいろと交際費、嗜好品等に使ってしまうからである。だから勉強すればそんなものは必要でなくなり、一〇〇万円を貯めることができるということである。

ただ私がありがたかったのは待遇が良かったということであった。この会社に昭和四七年七月の終わり頃に入社したため、年末のボーナスはほとんどないものと思っていた。ところが確か二ヶ月分程いただいた。この頃は池田内閣が所得倍増計画を打上げ、給料のベースアップは年間一万円程度上がっていた。その後田中角栄総理大臣が日本列島改造論を打上げ景気は上々で、世の中は全体的に活気があった時代であったと言える。

T鉄鋼も好業績で、昭和四七年の年度末のボーナスは五ヶ月程であった。つまり、月給が八万円の社員は四〇万円のボーナスということになる。その後オイルショック前の景気で物不足の現象が発生し、まず鉄鋼の品不足が発端となり、トイレットペーパー、洗剤、米、砂糖等日常品の品不足が発生し、スーパー等の店先には大行列ができ、物価も急上昇するといった時代だった。私は結果的にこの会社に二年半程在籍したので決算ボーナス一ヶ月分、夏のボーナス四ヶ月分、冬のボーナス五ヶ月分を二回ずついただき、これがまた後になって大変ラッキーとなったのである。この待遇面についても大変有難いことであった。

ただ私がこの会社に在籍していた二年半の間に大きな事件が起こり、私もその中の一人として関わっていたため大変悩むことがあった。私の上司であるYさんが取引先と共謀して、鉄鋼（コイルと呼んでいた）を横流ししていたことが判明した。

私は会社の営業時間中は一生懸命に仕事をして早く帰ることにしていたため、仕事は真面目にしようと心掛けていた。ところが出社当日、Yさんから適当にやっていいよと言われ、仕事もほとんど教えてもらえなかったのは前述のとおりである。

しかし待遇面も良く、私の就職の条件にも合っていたし、せめて営業時間内は頑張ろうと総務課の仕事も手伝っていた。審査課の主な仕事は取引先の与信額を決定することであり、この信用を調べるには当時、東京商工リサーチと帝国興信所の大手調査会社があり、この両社の会員となって各々の取引先の調査証をお願いして信用度をチェックしていた。この信用度は点数で評価しており、総合得点は六〇点以上であれば優良先ということである。中には八〇点位の取引先もあるが上場会社が占めていた。

総点数が六〇点未満の会社が対象となり、審査課としては常に注意をしておかねばならない取引先ということになる。このようなことが資料を整理している中で理解することができた。営業としては自分の業績を上げたいために、審査課に与信額をもっと引き上げてほしいと要請してくる。これに対して審査は、興信所に調査依頼をかけ審査するものである。当時物不足が鉄鋼から始まり、営業マンは売るより仕入れする方が難しいという時代であった。仕入れで品物が確保できれば、いくらでも取引先から注文が入るといった状態であった。

T鉄鋼会社は鉄鋼の専門商社であるが、二次専門業者であり一次の専門商社である三井物産、三菱商事、住友商事、丸紅等を経由して薄板コイルを新日鉄とか住金（現在は両社は合併している）から仕入れしていた。そのコイルを各メーカーに売却するのが本業で、中には鉄板を一メートルあるいは三メートルに裁断してほしい要請があれば、プレスで裁断するだけの工場は所有していた。私は各取引先のファイルを、特に総合点が六〇点未満の会社の調査証を注意深く読んでいたところ、まったく知識のない私にでも直感的に不自然さを感じることがあった。会社の売上高・経営者経理担当者がよく変わる、銀行からの借入金・金利の変動等もチェックの対象としていた。

ある中堅の会社であるが、この会社の鉄鋼の需要は月にせいぜい五〇〜一〇〇トン程度のもので、売上げとしては三五〇万円〜七〇〇万円程度である。ところがこの会社への売上げが月々増加しており、その会社の業績からして鉄鋼を使用する限度が限られているのに、なぜこんなに鉄鋼が必要なのか不思議なことがわかった。そうしてその取引先のファイルを調べれば、審査係長のYさんがその都度、与信表に会社の業績の良いコメントを書き、与信額を増やし支店長の領承印を得ていたのである。その取引先は、仕入れ値が高くなったコイルを購入しある製品を製造するよりも、商社的な横流しする方が儲かると考えYさんと共謀して売却し、その利益の一部をリベートとして受け取っていたようである。

この事実が判明したが、誰にこの事実を告げるべきか、I課長はYさんと同じ社宅に住んでおり、毎日通勤は同じ車に同乗している。I課長に言えばYさんにすぐに知られてしまう。私の上司はYさんで、その上は支店長である。支店長は社長の長男で東京支店の代表であり、専務取締役でもある。その支店長が与信額の増額に領承印を押している。したがって支店長の責任も大きく、最終的には支店長の責任ということになる。

会社は社長が大阪に居て、東京支店長は専務である長男、大阪支店長には常務の次男が就いている。兄弟は仲のいい間柄だと思われているが、社長は叩き上げの社長で経営には厳しい人であった。兄弟のどちらに跡を継がせるのかを考えているような人なのでお互いに油断はしていない。もともと私はこの会社に長くはいるつもりはなかったが重大な出来事だったので、このことを報告するか、このまま黙っていて退職してしまうか大いに悩むことになった。このT鉄鋼は私にとって理想的な会社であったし、色々な面でありがたいと思っていたため勇気を持って伝えることにした。審査課に所属しているという点では私も処罰の対象となっても致し方ないと考えI課長に思い切って報告した。

I課長も相当悩んだようであるが当時、二億円もの売掛残があり、これを今暴露すればこの会社は倒産してしまう。そうすれば二億円の不渡りになってしまう可能性が高い。この売掛金を少しでも多く取り戻さなければならないということになり、I課長と二人で支店長に報告した。支店長は彼には恩を仇で返されたと言ってすぐに自宅待機処分を下した。それから総務課長、経理課、支店長と私の四人で売掛金をいかにして回収して行くかという会議を行った。

その会社に鋼材を納品しないとなると、その会社はすぐに倒産してしまう可能性がある。月々の手形が落ちるのは三五〇〇万円程度であるので、一ヶ月でも長くその会社に頑張ってもらわないといけない。そのためには鋼材の注文があった場合、少しずつでも納品しようという意見でまとまっていた。それも短期間でやり、相手方に知られる前に決断をするという作戦である。

三ヶ月を経過し約一億円の手形を落すことになったので、あとは一億円ということになった。顧問弁護士の指導の元、ある日の早朝、我社の工場の社員および営業マンを連れて相手方の会社を取り巻き、社員が出勤したと同時に工場に踏み込み、製品に赤札を貼る作業を終えた。これによって我社は最終的には五〇〇〇万円程度の不渡りにとどまったのである。この時初めて初出勤した時のことが理解できた。支店長が恩を仇で返されたと言ったことも、考えればYさんは以前審査課長を務めていたようである。今回と同じような出来事があり何かおかしいということであったようであるが、証拠がなく降格にとどめたということであったようである。私に一生懸命しなくていいよ、ゆっくりやりなさいと言ったことは、そのような事があったからではないかと言うことで理解ができた。

私は何のお咎《とがめ》も受けることなく今まで通りであったが、大阪の本社で会議がある時には審査課を代表して出席をする羽目になってしまった。

私はこの会社に入社出来本当にいいことばかりで、今でも大変感謝している。ただ会社とは直接関係はないが、大変な事が二件あり本当に苦労したことがある。一つは、国家試験の三日間の試験日をどういう理由で会社を休むかということである。審査課は私一人となり、月一回の営業会議も大阪本社に出掛けていく必要がある。もう一つは、突発的な事件に遭遇したということである。

私はこの会社に入社する動機は前に言ったとおり、国家試験を受ける環境に合った会社を探すことであった。会社には当然、国家試験を受けるためにとは言えず、一切そのように感じられることがないように心掛けてきた。仕事はそんなにしなくてもいい。会社が終ればすぐに帰ってもよし。会社の行事の一つである新年会、忘年会、社内旅行なんかも変人だから出席をしなくてもいい。待遇は十分に満足できるものであったので、これ以上望むものはなかったが、一つ大変重要な事が抜けていた。

それは受験するということである。と言うのは、私が受けようとしている国家試験は試験日が三日間あり、それも土・日以外であるので、平日に三日間連続で会社を休まなければならなかった。いくら上司から仕事なんかしなくてもいい、ゆっくりしなさいと言われても簡単に休むことができなかった。試験は毎年七月の後半にあり、しかも最も暑い時期である。その休む理由をどう考えるか、親戚、両親等の病気というのは常套手段であり、遠方にいる友達の結婚式に出席すると言ったってせいぜい二日間で十分である。

そこで考えに考えた末、病気になることであった。病気になれば、それでも会社に出て来いとは言わないだろうと考えた。幸い会社での昼食はNさんとI課長と三人で、よく近くの蕎麦屋に行っていたので、受験日の一週間前から、どうも調子が可笑《おか》しいと言い始め蕎麦を食べる。次の日も次の日も食欲がなくうどんかソバにし控えめにしていた。次の日は何か夏風邪を引いたみたいで身体がだるいと言うと、それは大変だ、夏風邪は拗《こじ》れたら大変だから用心しないと、と言ってくれた。また次の日はどうもきつくてひょっとしたら、明日休ませてもらうかもしれないと言っておいた。

そして試験の当日、大学（学習院大学が試験会場であった）へ行ってそこから会社に電話し、今日は風邪のために休ませてほしいと女子事務員に言っておいた。その後《あと》受験をし、五時にはアパートに帰った。次の日も同じように会場に行って、もう一日休ませてほしいとI課長に伝えて下さいと電話した。これで二日間試験を受けることができた。最後の三日目は、二日の試験を受けて終った直後に直接I課長に電話して、課長、明日もう一日休ませてほしい、明後日には必ず出社するのでよろしくお願いしますと言ったら、I課長はあまり無理をしないようにと了解してくれた。これで三日間無事に受験することができ、ほっとした反面、大変苦しい経験を強いられた。この年は最初の受験で、おおまかに一通り受験科目をやった程度で、合格なんて程遠いものであった。それからまた一年後、同じ時期に三日間連続で休まなきゃならない。その時の光景を想い出せばどうすればいいのか憂鬱でしょうがなかった。

二回目の受験は意外と専門学校の成績も上がり、何とかベストの状態で行けると考え、三日間の休みも出たとこ勝負で、バレれば会社を辞職すればいいと思っていた。

ところが、受験以外に大変な出来事が起こってしまった。私が借りているアパートはもともと一軒家に外階段を付け、二階を二つに分断してアパートとしていた。その家主さんは主人が学校の先生だったが早く亡くなったので、女手一つで二人の子供を育てていた。そのような事由で二階をアパートに改造したそうである。主人の母親も同居しており、この母親も教員だったので、その義母の年金が生活の支えになっていると話していた。この大家さんは創価学会の会員に入っており、私とYさんとに入会しないかと幾度か勧誘してきたことがあったが丁寧にお断りしていた。

ある日、私が専門学校から帰ったら、待っていたように大家さんが二階へ駆け上がってきた。Tさん、大変な事になったと血相を変えて話し出した。実は私が創価学会に入会したのは、長男が中学二年頃から不登校になり、学校の先生方ともいろいろ相談していたが、なかなか成果が上がらず毎日悩んでいたところに、近所に住んでいる方が来られて、非常に熱心に長男とも話をしてくれたため、長男は学校に行くようになったといいます。

その時、おばあさんは反対していたそうですが、いろいろとお世話になり、息子が学校に行くようになったという事で創価学会に入ったそうです。その後、近くに住んでいるということもあり、週に二～三回程のペースで来られて、雑談をして楽しい時間を過ごしていたというのです。その人は創価学会の幹部（女性）で、学会の会員宅をよく廻っていたらしい。そういうことでおばさんはこの学会の幹部を慕っていたし、信頼・尊敬もしていたようである。

ある日、その幹部の人が来て、実は話を聞いてほしいと言って来た。学会では会員同士のお金の貸借は厳しく禁止されているそうであるが、実は自分の娘の旦那が飲食店をしていて、どうにもお金が足らなくて困っている、五〇〇万円程貸して欲しいということである。おばさんはそんな大金を持っていないと言えば、おばあさんにも頼んでほしいと言われ、おばあさんに無理を言って貸してしまったようである。そしてその幹部は、学会内では絶対に内緒にしてほしい、その変わり私の自宅に担保を付けるからということだった。その後、担保を設定するから、貴女の家の権利証と印鑑証明と実印を用意して下さいと言われ、何の疑いもなく渡してしまったらしい。

一ヶ月程はその幹部は何もなかったように自宅を訪問していたようであるが、その後知らない人がやって来て、この家は自分が買ったので、一～二ヶ月以内に出て行って下さいと言われたそうである。おばさんは何のことかまったく理解ができず、私は出て行きませんと言ったら、声を荒げ自分の所有だからどんなことをしても放り出すから、十分に考えておくようにと言って帰って行ったそうである。何の書類もなく、まして不動産についてはおばさんはまったくの素人であるので、よく聞いてもわからなかったが、徐々に今の状態がどのようになっているのか理解することができた。要は五〇〇万円の貸借であり、その担保として幹部の所有の家に抵当権を設定するということである。

抵当権を設定するのは、その人の土地と建物であるのでおばさんは一切関係ないことである。ただ、おばさんはその人を信用しており、また不動産についての知識もまったくないので、自分の家の権利証とか実印、印鑑証明を言われるままに渡してしまった。そしてその幹部は自分の名義に替えそれを第三者に売却してしまったのである。これは騙されたということで詐欺であるということを説明して、明日からどう対処して行くかを話し合って帰ってもらった。

次の日から幹部の家、義理の息子がやっている飲食店、買主の家を探して訪ねて行くのもおばさん一人では恐ろしいと言うことなので、私が会社から帰ってから全部二人で訪ねて行った。その幹部の家に行ったが、その幹部は不在だったので主人に話したら、もうすでに離婚をしていてまったく話しにならなかった。そして幹部が住んでいる家は借家ということがわかったので、いよいよ詐欺ということを確信した。私はT会社の審査部に所属しているため、顧問弁護士と取引会社の問題で度々お会いしていたという関係で、このことも相談しに行った。さっそく詐欺で訴えないといけない、仲介をした不動産業者も怪しい、買主も何か変だということになり、法的な手続きは全部お任せすることにした。私たちはその資料をできるだけ多く集めるよう奔走した。結果的にはその家は取り戻すことができたが、貸したお金は一円も帰ってこなかった。

何とも後味の悪い事件であったので、おばさんと話して共産党の杉並区にある支部を訪ねて行ってこれまでのことを全部話したら、ちょうど都議会議員の選挙が間近であったためその事務所の職員が喜んでくれて、さっそく週刊朝日に記事として載ることになった。余談であるがこの時、私の名前が週刊誌に載ったのは初めてであった。

このような突発的な事件が起こったため、私は約二、三ヶ月程度まったく受験勉強ができず、空白の時間を過ごしてしまったことは大変大きかった。しかしながらこの空白時間を取り戻すため、のちの受験勉強には集中できたことは大変有難かった。

その後また受験勉強に戻り、三日間の休みも何とか苦労して突破して受験をしたが、その年も不合格であった。しかしながら手応えは十分に感じることができ、専門学校の模擬試験でも上位の方に顔を出すようになったので、T会社を退職し浪人することにした。

この件については別話で話したように、Hさんの教えを受けて辞表を出した。I課長がなかなか支店長まで上げてくれない。審査部はT君一人しかいないので、君が辞めたら誰が審査を担当するのか、来春には係長に推薦するし、ボーナスは一回一〇〇万円は確保するので何とか考えてほしいの一点張りである。私もどうしても辞めたいと言うことでなかなか結論がでなかった。私としては年末でケリを付け、新年度から九州へ行く計画だった。ところが一向にことが進まないため、私は辞表を預けたまま会社には出社せず九州に帰ってしまった。このことがまた後で大事なことになるのは予測もできなかった。

皆さんの生き方には様々なやり方があり、また人によっては性格、環境、能力、経験等が異なるため一概には言えないが、目標を決めれば、その目標に到達することを一番に考えて頑張る。計画は、受験であれば合格することを前提として計画を立てるのであるから、計画を立てればそのとおり、レールの上のトロッコのように進んで行けば、当然合格することになる。現実はなかなかそうではない場合もあり得る。誰しも不合格を目的として計画を立てる者はいないと考えるからである。

皆さんも何かを志す場合は色々な障害、あるいは何かを犠牲にしなければならないことがあると思われるが、その場合でもどうすれば目標を達成できるかを考えれば、自ずと方向性が見い出せると思う。

私もいろいろと紆余曲折があったが、何とか自分の大きな目的を達することができたので、多少の参考になればと願いつつ、皆さんは自分のやり方でぜひ頑張ってやってもらいたい。

私のこれまでの人生の中で、最も厳しい・大変な時期であったが、最も充実した人生を送った時期でもあったということができ懐かしく想い出す。

憧れもする堂々たる先輩の振舞い

　私が大学に入学したのは地方からの出身であったため、大学の近くにある寮に入るよう父親が手続きをしてくれた。その寮は大学に隣接しており、一～二分で教室に行ける距離であった。一部屋に四人が生活する共同生活で、一ルームの奥の方に東西側に二段ベッドがあり、それぞれの一階部分は一年生の寝床であり、二階部分は二年生以上の先輩が使用することに決まっていた。先輩の中で一番年上の学生がその部屋の室長となっており、その室の規則は全て取り仕切っていた。部屋の手前の方には四つの備え付け机が並んでいた。手前と奥の間に扉はなく、まさしく一ルームである。

　夜は一〇時が消灯となっているが、鉄筋コンクリート造の四階建に五〇室の部屋があり、そこに二〇〇人の若い学生が生活しているのでなかなか夜は寝られない。中には禁止されているが酒・ビール等を持ち込んで、深夜遅くまで部屋の電気を消して飲んでいる学生ちたちもいる。また、夜遅くまで大声で騒いでいる学生もいる。それがバレて室長会議で叱られるといったことが繰り返し行われていた。我々新入生が一〇時になったのでベッドに入って寝ようとしたら、二段ベッドの一段部分が使用できなくなるため、先輩たちが雑談をする場所がなくなってしまう。昼間は一段部分が座敷化して皆で雑談する場所となっている。そのために叩き起こされてしまうことも度々ある。偶《たま》に勉強をしようとしても部屋の手前部分に机があるので、奥のベッドを置いている所までの廊下がわりとなっているため、皆んなが行き来し、また部屋に訪ねて来る学生も居てなかなか手に付かない。

そのような生活が嫌になり、三月の末に入寮したが、五月のゴールデンウィーク後に下宿を探し引越しをすることにした。そのことを室長に話したら、相当説教を受けることとなった。私の部屋の室長は比較的穏健な頭の良い先輩で、卒業後は岡山の県立高校の社会科の先生として就職して行ったような人だった。只先輩と同級の他の室長が何人かで私の所へ来て、「お前が今年の新入生で最初に寮を出るということは、室長の立場はどうなるんか。室長の指導が悪かったということを言っていると同じことだと言うことが知《わか》らんのか」と何回も何回も言われた。そう考えれば室長には申し訳ないと言う気持ちがあったが、そういうこと事態もいやになった原因である。

ようやく大学の近くの坂のある下宿屋に引っ越すこととなった。寮から近かったため数人の学生が手伝ってくれ無事引っ越すことができた。

今度の下宿屋は、木造瓦葺二階建住宅で一階は大家さんが居住し、二階は学生に下宿として貸していたが、二階部分は前面道路が階段状になっているため、道路とほぼ等高である。

したがって、二階と言っても一階と同じで、道路から直接出入りができる状態であった。そこで私は人生で初めてという驚愕な個性を持った先輩（以降、Uさんという）と出会うことになった。

下宿の二階は八畳と六畳の二間があって、六畳には二人、八畳には三人の下宿人を置いていたが、たまたま一人が出て行ったのでそこに私が入ることになった。

下宿代は二食付で月額八〇〇〇円ということで、当時の大学周辺の下宿では相場であった。もちろん、風呂とトイレは大家さんと共同である。

その先輩はUさんといって和歌山県から来ており、和歌山県は林業が栄んな県で、木材業者、家具屋さんが多い地域であると聞いていた。そのUさんの実家も両方の事業を行っている和歌山では大きな会社のようで、彼はそこの長男であり、将来は大学を卒業して家業を継ぐことになっている。

私が一年生の時、Uさんは三年生で、しかも一浪しているという事なので私と三つの年齢差があった。

私は高校を卒業して来た一八歳のまだ子供であり、田舎の出身でもあるので、世間・社会をほとんど知らずに親元を離れて来た。三歳年上のUさんを見れば、何でも知っているおっさんに見え、しかも威風堂々とした態度である。少し練れて来て徐々にわかって来たことであるが、最初に驚いたことは洗濯物である。

我々の学生時代は、もちろん洗濯機はなく（一部の家庭にはすでに出回っていた）、洗濯桶に洗濯板と固い固形石鹸を使って洗っていた。冬などは手が千切れるほど水が冷たくて泣く思いで洗って、物干し竿に乾かしていた。それをUさんが自分の物のように勝手に着てしまう。下着はもちろん、パンツ、靴下まで履いてしまうのである。汚れた下着をまた洗って後輩が着るというのは、気持ちのいいもんではないので、パンツだけは止めてほしいと言ってもなかなか聞いてくれない。どこの大学でも先輩・後輩というのは昔から、先輩の言う事は絶対的であると、そのように指導され習慣になっているらしい。

私も聞いたことがあるが、四年生は天皇、三年生は大将、二年生は兵隊、一年生は奴隷と体育系のサークルに入っている学生が言っていた。

それからはパンツだけは履かないようにしてやろうということになったらしい。

次に驚いたのは、同じ下宿に私より一年上の先輩がいて、この人は宮崎県の出身で、実家が農業をやっており、主に米・野菜・果物《くだもの》等を作り農協に納めている本格的な農家である。季節毎に収穫した米・野菜・果物等を送って来るそうであるが、Uさんがそれを食べてしまう。その理由は、我々学生は午前中から午後四時頃までは学校の授業を受けているので下宿にはいない。Uさんは夜スナックでアルバイトをし、朝方の二時頃に帰って来てそれから寝るという生活であるので、昼は下宿屋で一人で寝ている。したがって、荷物の引き受けはUさんが行うことになってしまっている。最初はお裾分けとして少し分けてもらっていたそうであるが、それが常態化すれば、当然Uさんも貰えるものであると思い、それから送ってきた物を食べてしまうことになったようである。

当時米なんかは貴重な食料で、下宿屋では朝と夜の二食は食べられるが、若い学生にとっては、当然それでは足りない。我々学生は平日大学に行くので、昼食は大学の食堂で食べているが、Uさんは昼間寝ているので食事はない。祝祭日・日曜日は我々も食事がないため、たいがいの学生は小さな炊飯器を持っていて、お腹が空いた時等は御飯を炊いて食べていた。宮崎県の親御さんはそのようなことは露も知らず、どのような想いで送っていたのであろうか。

これは大したことではないが、私と同期の下宿生が、下宿屋の風呂は狭いし、総勢一〇人程が入るのでお湯が汚れるため、私も友達もあまり入りたくないと言う思いであった。そうは言っても銭湯（大衆浴場）に行けばお金もかかるので、二〜三日に一回程行くことにしていた。ある日、二人で銭湯に出掛けている途中にUさんに出喰わしてしまった。

「お前等！　どこへ行くんか」と言われて、銭湯に行くと言ってしまった。それはプラスチックの洗面器と石鹸、エメロンシャンプー、タオルと着替えも持っているのでしょうがなかったのである。じゃー俺も一緒に行くと言って一緒に銭湯に行くことになった。もちろん、石鹸、シャンプー、タオルは全部貸さなければならない。一番もったいないのはエメロンシャンプーである。私は田舎育ちであるので、シャンプーは使っていたと思うが、あのいい香りのするエメロンシャンプーは使ったことがなかった。これで洗えばいい匂いがするし、サッパリして頭も良くなるような気がしていた。

一本一〇〇円で少し高いが、我々当時の学生は皆んなエメロンシャンプーを使っていたような気がする。テレビでもコマーシャルを良くやっていて〝振り向かないで！　東京の女《ひと》〟というコマーシャルソングが流れていた。それから度々銭湯に一緒に行くようになり、惜しみなくシャンプーを使われていると思うと悲しくもあり、悔しくもあり、そんな想いが今でも残っている。おそらくUさんはそんなことは気にしていなかったと思う。

さらにもっと凄い話がある。Uさんの家は和歌山県で大きな会社を経営しており、九州に来た時に高価な机を持って来たそうであるが、それはすぐに質屋に入れてしまったということである。家からの仕送りは私達よりも多かったようであるが、おそらくスナックでアルバイトをしていて、そこで知り合った女性に仕送り・アルバイト料もほとんど使ってしまっているものと想像できる。ある日の深夜三時頃我々が寝ている時に、ある若い女性が入って来て（いつも二階の出入り口はカギを掛けていなかったため、誰でも出入りができる状態になっていた）Uさん、Uさんと言って私の頬を二～三回叩くので目が覚めたらUさんと人違いだったことがあった。

親元から仕送り（現金書留）が来た時は、その日の内に大家さんに一ヶ月分の下宿代八〇〇〇円を渡すことが決まっていたが、Uさんはそれを他の方《ほう》に使ってしまって、下宿代を支払わないことが多いようであった。

食事は朝は七時から八時半の間に、夜は六時から七時半の間に食べることが決められていた。大家さんは自分の家族も居るので、そのような時間帯を割り振っていた。そしてその食事は四人分しか作らない。なぜならUさんは二～三ヶ月下宿代を支払っていないためである。下宿のおばさんはしょっちゅう下宿代を払って下さいと催促しているが、本人は全く意に返さない。そこでおばさんは最大の抵抗としてUさんの食事は作らないようにしているのである。それにもかかわらず、私達と一緒に食事をすることが度々あった。Uさんが食事を食べたら一人分足らなくなってしまう。

おばさんは、それは誰々さんの分だから食べないでと直接言っているが、知らん顔をして黙々と食べ続けている。もちろん、御飯のお替りもタイガージャーがあるので自分で注いで食べることができる。私はそんな状況に何回も出喰わしたことがある。その場で一緒に食事をしている我々はいたたまれない状況で、実に奇妙な雰囲気である。

おばさんは気持ちが納まらず、お父さん（主人）に言いますと言って少しは後ろめたさを感じてもらいたいような気であろうが、Uさんは全く意に介していない。おばさんだって、大事な人の子を預かっているということで気が重かっただろうと思う。主人は当時新日本製鉄に勤めており、三勤交代で朝出・夜出があり、昼間は寝ていることも多い。

そのおじさんは囲碁が大好きで、Uさんも囲碁が上手で強い。夏の暑い日なんかは朝方に帰ってきて寝ていたがなかなか寝付きが悪いらしく、時々二階の学生が住んでいる部屋にやって来ることがある。Uさんもほとんど昼は寝ていることが多いため、時間的には二人が会う機会は多い。そこでおじさんはおばさんからいつも言われているので、二階に上がってきてUさんに、君はまた下宿代を溜めているらしいな！　払ってやれよ。内《うち》のばあさんが煩《うるさ》くてしようがない、と言えばUさんの言うことはいつも決まっている。おやじさん囲碁をやろうか、ちょうど時間があるからと言えば、もうその話は終りである。だからおばさんは、内の人は本当に頼りにならないといつも言っていた。食事中に、Uさんの食べているのは誰々さんの分だからやめなさい、と言われても平然と食べ続けるといった態度は、とても二一、二二歳の若者にはできないだろうと思われるがUさんはビクともしない。とんでもなく図々しい、厚かましいとも思うが、Uさん頑張れと言ってしまいたいような気持ちでもある。

また、この話は私の方が悪いかも知れないが、私が大学一年の時に寮から下宿に移ったが、その時私は一九歳になっていたのでUさんは二二歳だった。下宿では他の学生も私もU先輩と呼んでいたため、私が二年生なっても三年生になってもU先輩と呼んでいた。それはそれでU先輩も心ち良く感じていたに違いない。

私が大学に入ったのは一流会社に入って将来は金持ちになりたいと考えていたので、少しは勉強もしなくてはならなかった。そういう事由で私はここでの下宿生活を永くは続ける訳には行かなかった。そういう気持ちはずっと持っていたので、時間のある時は一人で暮せる下宿を探していたところ、大学から少し遠いが、おばあちゃんが一人で住んでいる下宿を紹介してくれる人がいた。

そのおばあちゃんは七〇才ぐらいで主人を早く亡くし、一人娘の子供も病気で亡くし寂しいと言うことであったので、そちらの下宿屋にお世話になることとなった。

下宿を替ってからはUさんとは日常はほとんど会う事がなかったが、たまに大学に来られているようで学食で会うことがあった。私はUさんが嫌いで、Uさんから苛められた訳でもなく、凄い先輩が居るなというくらいで、むしろ親しみのある人だと思っていた。会えば一緒に学食で食事をして雑談をするといった感じであった。Uさんはほとんど大学に行っていなかったので、単位はほとんど採っていなかった。私の大学は卒業までに一四四単位採ればいいので、二年あるいは三年で一定の単位数を採っていなければ留年といった制度ではない。したがって四年生までは誰でも進級できるのである。

私が一年の時、Uさんは三年、私が三年の時はUさんは五年生であった。その時は、もう五年生だから先輩と言うのはやめてくれ！　と言われたが、いつも先輩と言っていたのに、ある時からUさんと言ってくれと言われても何だか言いにくいし、Uさんも先輩と言われた方が心地良い感じであった。

それから一年後、学食で再会した時にUさんから、大層お叱りを受けることとなった。

私が四年生になって就職も内定していた頃、学食で偶然出合ったのでU先輩と呼んで一緒に食事をすることになった。いつもと少し雰囲気が違うなとは感じていたが、私に対して、「お前な、俺に恥をかかせるんか！」と言って来た。突然のことで私もビックリして、「そんなことはありません、むしろ私は先輩のことを頼もしくもあり、羨ましくもあり、尊敬しているんですから」と言ったら、それがいけないんだと怒っていた。

「お前が四年生で、その四年生が俺のことを先輩ということは、俺が卒業できてないということを言っているのと同じではないか」ということであった。そう言えば私が四年生であるので、Uさんは六年生ということになる。六年生の学期初めに履修をする必要があるが、履修できる単位全部を受け、仮に全科目合格しても六年生では卒業できないということである。そういう事情もあり、私は就職が内定していたので、うきうきした気分が伝わっていたのかも知れないと思った。そうであれば大変失礼なことであったと思う。

今、私の年（七二歳）になって、二一〜二三歳の若者がUさんのような学生生活ができるだろうか。大半の学生は型にはまった画一的な教育を受け、皆んなと異なった意見を言えば落第であり、少し平常心を欠くような言葉を言えばセクハラ、パワハラ等といって戒められる。今ではUさんのようなことをやっていれば非常に非難されるであろう。今風に言えば山田洋次監督のフーテンの寅さんのような、誰もがサラリーマンなら一度はやってみたいと思う人生ではないだろうか。

人の道理から少し外れていると思えるが、しかし皆から慕われ、時間に拘束されず、自由に生き、ユーモアのある人柄は天性の様な気がしてならない。

風の便りによれば、七年生の履修の時に八年行っても卒業できないということがわかり、七年生に入ってから大学を退学して和歌山の実家に帰って行った様である。今頃、和歌山の実家の跡継ぎとなって立派に会社を支えて繁盛していることを祈りつつも、部下、社員に対してどのような教育・指導をしているのだろうか、少し見てみたい気もする今日この頃である。

私の人生へも大きな影響を与えていただき大変感謝しております。

偉大な親友

私は多くの人々と知り合い、その人たちの影響を受けて生活をしてきた。その中で友人と言える人はどれだけいるだろうか、そしてさらにその中で親友と呼べる人が何人いるのであろうか。

人は誰でも多くの人を知っている。それは、新聞、テレビ、雑誌等のマスコミによって知ることが多いと思われるが、ただ知人という定義は、広辞林によれば「知り合っている人、知り合い」と解説されている。すなわち知人というのは、お互いが知っている仲という意味に捉えたいと思う。さらに知人の中でも友人という人は、これも広辞林によれば「友達、朋友」と書かれており、すなわち知人よりはもう少し近く、お互いに十分に話し合える人であると考えられる。さらに、その友だちの中でも親友といわれる人はどうであろうか。親友は最も親しい友人、心を打ち明けて交われる友人と解説されている。

私はこれ等全ての人々の影響、考え方、教え等を受け、今日の自分の人格が形成されているものと考えている。人によってはその考え方が異なることがあるので、それはその人の考えで十分であると理解している。自分は親友と思っていても、相手はそこまでは考えていないと言うこともあるだろう。また相手の社会的地位・名誉とか立場を考えて、私の親友だと言う人もいるだろう。友人と親友とを区別する必要性はまったくなく友人として、また親友として接していけばそれはそれで結構であると思っている。ただ自分が彼とは大親友だと思っていても、相手がそうではないということがわかった時は、その信頼性が高ければ高い程、そのショックは大きいものがあると考える。

私が中学生の頃、何の話からか、母親に「親友というものは一生のうちでそんなに多く巡り逢うものじゃないよ」と言われたことがある。その時、母親が言ってくれた言葉の意味がわからなかったが、悲しい時に一緒に泣いてくれる友人と、嬉しい時に一緒に喜んでくれる友人と、どちらが自分にとっては大切な人だと思うかということであった。私は「どちらも親友である」と言ったら、母親に「本当にいい考えで、これからも誰とでも親友になれるよう心掛けて生きていきなさい」と言われた。

「ただ人というのは悲しい時は、どんな人でも涙が出るものよ。どんなに悪い人でも親が苦労して子供たちを育てた苦労話を聞けば涙が出るし、悲しい映画を観れば鬼の目にも涙と言って大抵の人は涙が出るでしょう。逆に、嬉しい時に本当に心底から喜んでくれる友達は親友といえると思うよ。それは結婚式、祝賀会等に出席してお祝いしてくれる友達は本当に喜んでくれて、そういう友達も大事にしなければならない。しかし、その祝ってくれた友達は全て親友かといえばそうではないのよ。それは義理で出席している人、いやだけど仲間であるから、出席しないと自分が悪い者に見られたら困るからという人もいると思う。本当の親友というのは損得なしに、何の蟠《わだかま》りもなく心の底から一緒になって喜んでくれる人、そう言う人は本当の親友と思っていい。これは本当に難しいけれど、人には嫉妬、やきもちというものがあって、特に親しい友人、ライバルにとっては、心の中はおもしろくないと思っている人も多くいることを覚えておきなさい」と言われた。私は当時まだ中学生であったので母のいう真意がわからなかった。私がこのことを実感したのは二八歳になってからである。

前出の話のHさんのことである。私はHさんと遠賀郡遠賀町でアパートに住み、Hさんは学者として出発し、私は国家試験に挑戦していた。試験は七月の後半に行われ、択一試験はすぐに受験仲間と情報を交換すれば自分の出来、不出来はほとんど予測できる。その結果の予想ではあまり芳しくなく、また一年間受験勉強をしなければならないのかと大いに落胆したが来年の論文試験の為にも最後まで頑張るようHさんから言われ受験を終えた。数日たった後、また来年の受験を決意し準備に取り掛かることにした。

我々の借りているアパートは「遠賀川」駅前から約二〇〇メートルの所にあり、鉄筋コンクリート造の三階建で、一階がスーパー、二、三階は住居で三階部分を借りていた。スーパーは朝一〇時が開店で、一〇時前になるとスーパーの内外で、近所の農家の方々が自分の作っている野菜、果物等を持ち込んで朝市をやっていた。そのため多くの買物客が新鮮な野菜などを求めて賑わっていた。Ｈさんは大学の授業がある時は朝八時頃大学に出かけるが、授業のない時はアパートで自宅研修をしていた。私は毎朝一〇時頃にアパートを出て、大学の近くで受験仲間と一緒に大学の施設の一部を借りて勉強していた。

一〇月の上旬のある日、私は一〇時頃アパートを出て大学に行こうと思い、階段を下りて一階の郵便受けを開けたら一枚の封筒が入っていた。その封筒は国からの郵便物であり、茶色のペラペラの封筒であった。国家試験の合格は当時、合格者のみに通知があり、不合格者には封筒が届かないことになっていた。私は瞬間合格通知書が入っていると感じたが、まだ安心はできず、一階の踊場でカバンを床に置いてその封筒を破ろうとするが、このペラペラの封筒がなかなか破けない。それは手が震えて噛合わないためだったのである。やっと破けた所で合格通知書を確認することができた。そこでまず一番にＨさんに報告しなければならないと考えた。

今日は大学の授業がないのに部屋にはいなかった。自然と管理人（我々のことをよく知っていて、度々差し入れをしてくれていた）の部屋に行って、「Ｈさんはどこに行ったか知りませんか」と尋ねたら、スーパーの裏の駐車場で「自分の車を洗っている」と教えてくれたのでさっそく探しに行った。

そこで洗車をしているHさんに、「Hさん！合格しました」と大声で叫んだら、すぐにわかってもらいそこで力強い握手をし、お互いに肩を抱き合い大声で泣いてしまった。まだ一〇月の上旬、日差しの強い日で、しかも一〇時過ぎの時間帯は朝市の客が大勢来ていた。二九歳と二八歳の青年が多くの客に見られていたと思うが、はずかしさに気付かず、周りの人々はどんな思いで見ていたのか、今となっては知る術もない。それから私は大学に行き、勉強仲間に合格したことを伝え夕方、アパートに帰って来た。アパートにはHさんが、私が帰って来るのを待ち侘びていたようで、「今日は二人でお祝いをしよう」と言ってくれた。ただ二人共お酒は飲めないので、一度も一緒に飲みに行ったことはなかった。

しかし、その日はHさんと二人で遠賀川駅周辺の飲み屋を探して回り、小さな田舎のスナックに行った。そこで、スナックのママも一緒になって飲んでくれて、お祝いをしてもらった。この時、人間は本当に嬉しい時は、涙が出るということを初めて知ったような気がする。これが私の中学生の頃に母親が教えてくれた、親友であると言える人であると実感したものである。

この件に関連してもう一人、親友と考えているN君がいる。彼は受験仲間の一人であるが、年も同年代であったので、前から親しくはさせてもらっていた。合格した事を伝えると本当に自分のことのように喜んでくれた。彼は、国家試験は異なるが、多くの仲間達と受験生として一緒に勉強していて、当時、すでに国家資格を二つも持っていた。その内の一つの資格を生かしてある事務所に勤めていたが、もう一つ最後の目標としてぜひ採りたいという資格に挑んで勉強していた。彼は自分の受験があるにもかかわらず、私のために食事に誘ってくれて、その後スナックまで連れて行ってくれた。行く先々、今日は私の友人が国家試験に合格したということを紹介してくれ、その店でも皆にお祝いをしてもらえて本当に有り難かった。N君は自分が合格したような振舞いをしてくれて、また上手なカラオケを何曲も歌ってくれて、時間が過ぎるのを忘れてしまいそうな一時を過ごすことができた。N君も私と同じ受験生であるのにこのように喜んでくれる心底は本当のところはどうなんだろうかと思ったことはあるが、そんな素振りは一切なかった。

その後も彼は地元育ちであったので、いろいろと彼の知っている友人・会社等を親切に紹介してくれた。おかげで、私は順調に実績を上げることができた。彼なしでは今の私の地位は到底なかったものと考えている。N君は今では日本でも有名な経済アナリストであり、日本中で講演の依頼（特に金融機関、不動産業界など）があり全国を飛び廻っている。北京大学でも講演をしたことのある有名人であり、北九州に地盤を築き地元愛に満ちた素晴らしい紳士である。今でも彼が私を親友として付き合ってくれていることに感謝している。彼が活躍すればするほど、また名声が高まれば高まるほど、私も嬉しくなる。

親友という人達が居ることで自分の人生がどれだけ豊かになることか、また、同じ方向性を持ってやっていけるかということは大変幸福なことであり、有り難くもあると思えるものである。

尊敬・感謝したい先輩

私は、今まで大変多くの方々に支えられ、ご指導をいただき、また助けられて人生を楽しく過ごしてくることができたと考えている。その中で最も尊敬するHさんには、言葉に言い表せない程お世話になった。私の人生の仕事、学問、家庭、そして遊びなどの大部分を一緒に過ごすことができ、感謝してもしきれないものがある。

私がHさんを最初に知ったのは、大学に入学したオリエンテーションの時だった。各サークルの責任者が新入生の前で、入会を募るための説明会を大講堂で行っていた。Hさんは、法学研究会を代表して法学研究会の活動内容について小六法を片手に説明をされていた。私は経済学部に入学していたため、あまり興味はなかったけれど、Hさんの熱弁《ねつべん》振りは多くの新入生を釘付けにする程迫力があったことを今でも覚えている。その影響で私の法学部の友達で法学研究会に入会した者も結構多くいた。その後は、学部も異なり、一級先輩で授業も異なるため、学校ではほとんどお会いすることはなかった。

私がHさんと初めてお会いして話しができたのは、大学の四年生の六月頃だったと思う。私は、五月の二〇日前後に東証第一部上場会社（厚木ナイロン工業株式会社）の内定を得ることができた。当時の大学の就職課は、学生たちの志気を上げるために、掲示板に経済学部四年T君が上場会社に内定しましたと掲示していた。それをHさん（当時は大学を卒業、法学部の助手をされていた）が見られて、経済学部にT君が居るということを知られたということだった。私は、六月の初め頃、法学部の友達と廊下を歩いていたら、偶然Hさんとお会いすることがあった。Hさんと友達が法学研究会のメンバーであったことから立ち話になり、Hさんから「私の研究室に来ませんか、T君も一緒にどうぞ」と言われたので彼について行った。その時、学食からコーラー（当時は全部ビン入りである）を買って来てくれて、研究室でいただいた。あのコーラーの美味しかったことは今でも忘れられない。

初めてHさんと話しができたことがその後どれだけの影響を受けることになるか、その時はまったく予想もできなかった。その研究室にはもう一人助手の方がおられ、彼は経済学部の助手で、当時公認会計士の国家資格の勉強をしていた。研究室内は本棚が数個あり、その本棚には、それぞれの分野の本がギッシリ詰まっていたのをはっきりと覚えている。

私は、大学を卒業して横浜の方へ就職して行き、Hさんは大学に残られていたので九州に住んでおられ、二人が出会うことはなかった。私はその後入社した会社を辞め、一年近くの間、アルバイトを転々としながら自分のこれからの人生を模索することとなった。アルバイト中、いろいろと考えることもあったが、不思議と学生時代に行った大学のHさんの研究室のあの本棚の光景を想い出すことが多かった。

ちょうどその頃、私の大学の同期生で法学部出身のK君が、大阪本社から東京支店に転勤が決まったという知らせが届いた。これは絶好のチャンスだと思い、K君に「一緒にアパートで生活しないか」と言ったら、「それはいい」と言ってくれたので早速、アパートを探すこととした。東京では家賃が高いため一軒家の二階の片部屋（外階段が付いている）を当時三万八〇〇〇円で借りることができた。六畳と三畳の続き部屋でそれに小さな台所とトイレが付いており、一人の負担は一万九〇〇〇円であったので大変助かった。そこでアパートが決まったので、このアパートを拠点として就職活動を行い、勤め先を決めることができた（この勤め先については別に話すこととする）。

私は大きな会社を何の目的もなく辞めてしまい、年齢も若く社会人としての経験も少なく特別な能力もなく、また人脈、お金もなく、何もない者がこれからどうして生活をしていけばいいのかと考えた時、国家資格しかないという考えに辿りついた。友達と二人で東京の杉並区にあるアパートに住むようになり、二人で奮起して国家試験を受けようということになった。さっそく二人で専門学校に入校する手続きをしたが、K君は営業職で、しかもお酒が好きな方なので夜帰るのは遅くなってしまう。私の方は、定時に帰って来られる会社を探したので、午後七時前にはアパートに帰れた。

勤めながら週二回専門学校に通っていたが、それ程大変だとは思わなかった。それから一年半くらい経ったある時、Hさんが K 君を訪ねて我々の住んでいるアパートにやって来られた。話によると、来年の四月から法政大学の大学院に進むことになったので、それまでにアパートを探さなければならないということであった。結果、年が明けてHさんは、大学の紹介により大学の近くのアパートを借りることになった。それから土日などには度々訪ねて来られるようになり、交友を深めることができた。Hさんは論文を書くため文献集めに忙しく、私は国家資格を採るため法政大学の近くにある専門学校に通うようになった。

その明くる年に、同居していた K 君が家庭の事情により郷里に帰ることになった。お父さんが彼のために就職先も決めておられたのである。そこで彼の後にHさんが入居されることになり、私はHさんと一緒に生活することとなった。

私の受験科目の中に民法があり、私のような経済学部出身の受験生にとって、民法は苦手な科目の一つであった。幸いHさんは大学院の法学研究科に属しておられたので、解らないところはすぐに教えてもらうことができ、十分に理解をすることができ、大変心強く思った。一番有り難かったのは、ある日模擬試験問題を解いて論文を見てもらうことがあった。Hさんは十分検討した後、「T君、君はもう民法の勉強をする必要がないよ」と言われたことだった。私はどういう意味かわからなくて、「どうしてですか」と尋ねたら、Hさんは「この答案はもう合格点に達している。これ以上民法科目に時間を費やすよりは他の科目に力を入れた方が良い」と言われた。

専門家からそう言われたので大変心強く、自信にもなり、他の科目に集中することができた。これは大変なことであり、他の受験生は五科目の受験勉強をしなければならないのに、私は四科目を集中してやればいいということで心に余裕ができ、合格に近づけたと今でも思っている。これは受験を経験した者にしかわからないことでないかもしれない。

その年は、アパートの所有者のおばさんが不動産詐欺の事件に巻き込まれ、私が一緒になって駆け回り、その事件は一件落着となったが、そちらに時間がとられ結果的には国家試験は失敗に終わってしまった。今となってはその事件があったことによりその後試験勉強に集中せざるを得なくなり、その翌年には、模擬試験の結果も徐々によくなってきて、各科目の成績も上位に少しずつ入るようになったことだと思う。

その専門学校では毎回上位者の成績表が掲示板に貼り出されており、私の名前も時々出るようになって来たので、一気に浪人をするかどうか悩んだ。そこでHさんに何回も相談して、もうここで会社を辞めて浪人生活に入った方が得策ではないかという結論になった。そして辞表を書いて会社に出すことになったが、その時も私は本当にいい教えを受けることになった。Hさんは、「二人で十分に話し合って辞表を出すと決めたことではあるが、明日会社に出すのは止めた方が良い」と言われた。私は、二人で決めたことだから一日でも早く出したいと考えていたがそうではなかった。Hさんが言われるには、「辞表はいつでも出せる。しかし一度出したらもう取り返しがきかない。今の気持ちは変わらないと思うが、明日一日置いて明後日になっても気持ちが変わらなければ出した方がいい」と言われた。その言葉は何事も慎重にやりなさいということであると十分に理解できたし、本当に含蓄のある、有り難い言葉であると考えそうすることにした。

ところが、一二月一〇日はボーナスの支給日であり、ボーナスを貰って辞めるということも考えたが、一ヶ月前に出すというのが会社の規則となっており、また長いこれからの将来のことを考えれば、そんな小さなことを考える必要はないと思った。そこで一二月一日に提出し、新年早々から浪人生活に入ることを決めていた。結果的には総務部長が辞表を受け取らず、自分の机の中にしまい込んでしまい、私を引き止めようと何度も話し合いをすることになった。しかし、私の決心は固く、「早く支店長に上げて下さい」と何回も頼んだがなかなかうまくいかなかった。

このままではいつまで経ってもけりがつかないと思い、私は会社の了解もなく、アパートの大家さんに、会社から連絡があっても知らないということにしてほしいと頼んで九州に帰った。とりあえず、私が学生時代に世話になっていた柴田さんというおばさんがいてそこに引っ越す準備をして荷物を送らせてもらった。

しかし、これが一二月二〇日頃であったのでボーナスは貰うことができた。何か後《うし》ろめたい気もしていたが、ちょうど、私の前の会社の友人（これも大学時代の友人である）が寒い夜に私が専門学校の授業を終え食事をしてアパートに帰ったら、二階の踊り場でオーバーを掛けて寝ていた。特に寒い夜であり、その階段は鉄板でできていたので本当に寒かっただろうと思う。さっそく部屋に入れて話を聞いたところ、お酒もかなり飲んでいて、彼の言葉の内容をなかなか理解することができなかった。要は別れた彼女との関係でどうしてもお金が必要であるので、貸してほしいということだった。相手の親御さんに知れたら大変なことになるということのようであった。そこで私は一瞬、あのボーナスを想い出し、それを全部彼にあげてしまった。おそらく四〇万円以上はあったと思うが、後でK君に話したら、「T君、良いことをしたな」と言ってくれたので、後ろめたい気持ちが晴れ勉強に専念することができた。

翌年の三月にHさんが大学院を修了し、北九州に帰って来られたので、また私と一緒に住むようにアパートを探していた。北九州市内であれば家賃が高いので、遠賀郡の遠賀町にアパートを探すことができた。当時鉄筋のアパート2ＤＫで家賃が一万九〇〇〇円だったので、二人の負担を軽く押えることができた。

その年の一〇月に私は目標の国家試験に合格することができた。この国家試験の合格にはHさんのご指導、ご支援があったからこそと考えている。なにより同居していたので、疑問があればいつでも聞くことができたこと、勉強への集中の仕方、基本を教えていただいた。論文試験に関しては、答案は試験官に読んでもらうために書くので、読みやすく、説得力を持つ論文の書き方等々、プロとしての教えをいただいたと思っている。受験日の前の日、Hさんは遠賀川駅から一緒にホテルまで付いてきてくれて、荷物をフロントに預けて、二人で受験会場を確認することとした。これもHさんの提案でそのホテルから会場まで西鉄電車で行く。帰ってきて今度は西鉄バスで行く。最後はタクシーで確認することとした。ホテルも当時最高の西鉄グランドホテルを三日間Hさんが取ってくれた。これらの費用はすべてHさんが負担をしてくれて、感謝の気持をどう表現したらいいかわからなかったが、どうしても合格したいという気持ちになった。朝は試験に遅れたらいけないということでフロントにモーニングコールをお願いし、その他二人に電話で起こしてもらうように頼んでくれた。Hさんの考え方は一年間頑張ってきた最後の仕上げで後悔のないようにしなければならないということであった。

私はHさんがおられなければ到底合格はしていなかっただろうと思うと、今でもゾーッとすることがある。それから、私は実務補修、実務経験が必要になり、どうしても北九州に行くことになり、Ｈさんも大学の講師となったので、そのアパートを退去することになった。

それから数年後、Ｈさんは大学の助教授となり、私は北九州市内で事務所を開設することとなった。そのようなある日、Ｈさんから、「大学の非常勤講師にならないか」とお誘いの電話をいただいた。しかしながら「私は学者のような勉強をしていないし、仕事も徐々に忙しくなってきたので難しい」とお答えしたら、「大丈夫、その時は私も手伝ってあげるから」と言ってくださったのでお受けすることとした。これも私にとっては大変な転機となった。私はこれを機会に、本格的に勉強をすることになった。教えることを通じて、自分の学問としての勉強、そして本当の勉強ができたと今は感じている。また、大学の講師をやっているということによる自信、社会的信用、信頼等というものが、私にとってどれだけ大きな影響があったかということを実感できた。これもＨさんの力添えによるものだと感謝している。

その後Ｈさんは、ドイツ在外研究、帰国後は法学部長、副学長、学長になられました。その忙しい職務の中に弁護士の登録もされ、社会貢献と共に大学内外の発展に大いに寄与された先輩の存在は、偉大なものがある。その間に私を特任教授として招聘していただいたのも、Ｈさんのお力添えがあったものと承知している。

私は常々歴史上の天才、著名人、学者であっても全ての面で人間として立派であるかといえば、必ずしもそうではないことが多いと考えている。どんなに立派な講義をしたとしても一〇～二〇パーセントの人はそうではないという人がいる。どんなに名医といわれているお医者さんだって時には失敗し、その家族はその人を良くないと評価する。しかし、私にとってHさんは人生の大部分を共にした方であり、本当に尊敬に値する、誇れる先輩・先生である。

最後にHさんの本当にすばらしい逸話を紹介したいと思う。Hさん夫婦は結婚後、なかなか子宝に恵まれませんでしたが、待望の女の子Mちゃんが誕生した。ご夫婦はもちろん、両家のご家族の方々も本当に喜ばれ、私ども夫婦も本当にうれしくお祝いをさせていただきました。Mちゃんが幼稚園の頃、Hさんはドイツに在外研究に行くことになった。Hさんとしては家族全員で行きたかった様ですが、Mちゃんの私立小学校への入学とご両親と同居したばかりいうこともあり、単身で行くことになった。私には到底できませんが、Hさんは大きな模造紙を買って来て、一年分のカレンダーを作られた。一ヶ月一枚のカレンダーです。

たとえば、一月一日何曜日正月元旦と書いて、その下に紙袋を造って貼り付ける。一月一日になれば、その紙袋を取るとその下に「Mちゃん明けましておめでとう。今年も一年良い子でね」といったような言葉が書いてあり、そしてその紙袋の下にもう一つの紙袋が張り付いており、一日のおやつ袋と元旦のお年玉袋が貼り付けられているというものです。誕生日には、「Mちゃん、誕生日おめでとう」という言葉と誕生日プレゼントのそしてその日の一日のおやつの袋が貼り付けられている。何もない普通の日も一言《こと》とおやつ袋があり、Mちゃんに毎日一つずつ取るように話してドイツに旅立たれた。

私もその製作品を見ましたが、本当に愛情のこもった待パパカレンダーで感銘致しました。Mちゃんが一日に一つの袋を取って、その下に書いているお父さんの言葉を見ることによって毎日、お父さんに会えるし、Hさんも毎日、楽しみにしている袋を開けてもらえるという親子の絆・気持ちは、察するに余りあるものがあった。

私は、このようなHさんと出会い、多くのことをご一緒させていただき、さらにご指導、ご支援いただき、本当に心より感謝しています。皆様も信頼のおける先輩・親友ができれば、人生はもっともっと有意義で楽しく豊かなものになるのではないかと思っています。

終章　これからの人生はこう生きたい

これからの人生はこう生きたい

古希を過ぎた私のような老人は、今後の人生、どこに視点を置いて生きて行くべきかを考えることが多々ある。私なりに今、考えていることを伝えたいと思う。

（1）いくつになっても世の中の流れには直視して生きたい

日本が世界の中でどのような立ち位置にいるのかということぐらいは、いくつになっても関心事として持ち続けていたい。政治の選択にも重要であると考えていくためにでもある。

政治家は本当に国民のために一生懸命頑張ってくれているのだろうか。各都道府県・市町村の吏員の方々は、市町村民のために本当に働いてくれているのだろうか。医者は患者のために、先生は生徒のために、一生懸命に働いてくれているのだろうか。私はそれぞれの職場で、その理念に従ってやっているということはそれでいいと考えているが、本音を言えば自分のために働いているということでいいのではないかと考えている。それは本当に大事なことで、自分のために働くということが日本のためになり、社会のために皆さんのために貢献していればこれ以上のものはない。個々が自分のために一生懸命頑張れば、全体として良く、なって行くことになり、強いては日本全体が良くなって行くことだと考えているからである。したがって誰しも自分のため、家族・親戚のために働くことが一番いい。我々老人が毎日楽しくやって行くこと自体が、世の中のためになっているとも考えられるので、これからの世の中の推移にも多少の関心を持って生きたいと思っている。

（2）いつまでも世の中の一員であり、生きている事自体が国全体に貢献しているという気持ちで過して生きたい

年金問題一つをとっても、若い世代が我々老人を養って行かねばならないと言われ、その度に肩身の狭い思いをするという経験をした人は少なくないと思う。突き詰めればもう少し早く亡くなってもらえれば、若い人が苦労をすることがない。そのようなことを暗に言われている様で気持ちのいいものではない。そうではなく、老人が長生きをすれば老人ホーム、医療関係、介護施設等が必要となり、そこでの働き手が必要となって雇用が増えることになる。

また老人といっても消費生活をしているという意味では、社会に貢献しているといえる。与・野党両陣営の国会議員あるいはコメンテーターが出席して、報道番組等でよく年金問題について討論をやっているのを見掛けるが、年金問題にほとんど関係のない者（所得の比較

的多い政治家、元官僚、学者、評論家など）の意見を聞いても全く説得力のないものが多い。本気で考えるんであれば、実際に年金でしか生活ができない人、また年金も貰えない人等も討論の場に参加させるような機会を、ぜひ与えてほしいと考える。そうすれば、我々老人もまだまだ世の中のためになっているんだという自覚も新たに、生き甲斐も感じられるものである。

（3）楽しい機会は自分から作ろう

年をとって行くにしたがって友人も少なくなってくるし、全てにおいて老化も進んで行くため、楽しみを感じる機会が少なくなって行く傾向下にあると思う。また残りの人生を考えれば、楽しい機会はどんどん少なくなって行くように思える。

そこで一日の楽しみ、一週間の楽しみ、一ヶ月の楽しみ、一年の楽しみの目標を自分で立てることが必要であると考える。私の友人に朝起きて何をして一日を過ごすか、また明日《あした》一日をどうして過ごすかという事を考えることが一番苦痛であるという人がいる。一日の楽しみとして晩酌をするのが楽しみ、朝方庭木の手入れをするのが楽しみ、散歩を日課として採り得ているあるいは銭湯に行くのが楽しみといったようなことがあれば、一日を楽しく過ごせることができるのではないか。また一週間の楽しみは、一回はカラオケを唄いに行くとか、一回はスーパーに買い物に行くとか、少し遠出をする、囲碁・将棋をする、パチンコに行くとか考えてはどうか。一ヶ月に一回はちょっとぜいたくな外食をするとか、自分の趣味に費やす、学生時代・若い頃の友達に会いに行く等もおもしろいと思う。

半年・一年の楽しみは小旅行に行くとか、親戚の家を訪ねるとかを考えたらいい。さらに少し株式に投資すれば、毎日の新聞の株式欄を見るのが楽しみになるし、一週間に一回のロト・シックスを買う楽しみ等もいいことだと思う。ぜひ工夫をして楽しんでみてはどうか。自分に合ったものを考えればいいと思う。楽しみ方はいくらでもあるのではないかと考えるし、それが世の中のためになっているということにもなるのである。

（4）未来の事はあまり考えないこと

学生や若者が未来を考えるというのは大変大事な事で、将来の人生設計として就職、結婚、子供の成長、マイホーム等いろいろと楽しい事が多いと思われるが、我々の未来はそう永くはない。また将来を考えれば健康面の不安、生活面の不安、多少の財産、だんだん友人が少なくなって行く、そして社会の邪魔者扱い（年金問題、介護関係等）と暗に聞こえる討論会等々を考えれば、気分的にも暗くなってしまう。であるので、将来の事はできるだけ考えないように心掛けようと思っている。

夫婦のうち、どちらが先に亡くなってもいいものではないので、自分の方が先に死にたいという夫婦は多い。したがって我々は将来の事を考えるのをできるだけ少なくして、過去を想い出して楽しい人生を送って行こうと考える方が得策である。

(5) これからは過去を振り返って楽しんでいこう

我々は未来より過去の方がずっと長い時間を経過して来た。そして我々にとって未来というものはそんなに夢、希望を持てるものではないという事を誰しも感じていると思う。そうであれば楽しかった事、苦しかった事、喧嘩した事等の過去を想い出した方がそれも楽しい・懐かしいという気持ちになり楽しいではないか。

例えば何十年振りに再会する小学校時代の同窓会、みんなお爺さん、お婆さんになっているが何処か面影が残っており、記憶を想い出すことができる。その瞬間は六〇年前の旧友に戻り、その時々の場面が鮮明に蘇ってくる。良きも悪きも、そんなことはどうでもいい。懐かしさの方が優先され楽しい時間が過ごされて行く。またその時代に帰っているので、みんなが一〇歳前後の子供になり実に若々しく楽しいではないか。また何年後かの同窓会での約束をして笑顔になりながら、再会を楽しみながら帰って行く。帰れば帰ったで家族の人に話す者もいるだろうし、さっそく、電話で新たな出会いがあるかもしれない。それもそんなに機会が多くはないので、できる限り会えるように努めることが大事である。

また、中学時代、高校時代、大学時代の同窓会・仲間等の語らいも同じ事で、その時々の想い出が一瞬に蘇って話に花が咲くだろう。会社の元同僚、飲み友達、趣味の仲間、いろいろなグループがあり、それはそれでかえって楽しいではないか。最近の話であるが、私の大学時代の友人が学生時代体育系のクラブに入っていて、二級上の先輩からボコボコにされた事があったらしい。約四〇年後その先輩と偶然、あるスナックで再会したそうであるが、私の友人は未だ現役で会社の社長をしており、社会的な地位は高く、生活面においても余裕があるが、一方先輩はすでに会社を退職し、今は年金暮らしである。しかし、合った瞬間、先輩・後輩に戻り、過去にボコボコにされた事を糧《かて》に楽しい一時を過ごし、また再会を約束して別れたといっていた。実にいいものではないかと考える。

また、スナックへ行って、昔の懐かしいカラオケ（ナツメロ）を唄っておれば、その時代のお客さんと共感し、その時代の歌がどんどん唄われみんなで大合唱になることも多い。

初恋の想い出だって、その時は恥ずかしくて話もできなかったが、今では堂々と好きだったと言える。その時、勇気を出して告白しておれば、自分の人生も変わっていたかもしれないと花が咲く。実に楽しい。

我々の青春時代は、世の中全体が貧乏（戦後の復興時）で就職も難しい時代であったが、それでも我々は夢を持って一生懸命頑張って来たんだと誰かが言えば必ず共感者が居り、会話は自然と盛り上がって来る。そして自分達の時代は良かったと言い出し、最近の若い者は何もわかっていないと言うことになり、話題も自分達の時代を中心としてしまう。このような状況になれば、もう誰も止めることも否定することもできなくなり、我々は実に楽しい時を過ごすことができる。

我々は新たな出会いを求めてそのような場に出掛けて行かなくても、同世代の人々に会えば、それが昔からの友人であったような感覚になるのも何とも楽しい。

今まで会ったことのない人でも、共通点があることによってその場は楽しく過ごせるのではないかと考える。スパゲッティ一つにしても昔は喫茶店に行けば定番で、イタリアン、ナポリタン、あるいはミートソースはどこへ行ってもある時代だった。今でも昔風のスパゲッティが出て来ればそれだけで一～二時間は話題となってしまう。実に楽しく愉快ではないか。

一例ではあるが、これから我々は過去を振り返って楽しむことに心掛け、未来のことはあまり考えないようにしてやって生きたいと考えるがどうであろうかと思う。

― あとがき ―

私はこのようなたわいもない話しを本にするということはまったく考えていなかったが、仲間達との勉強会、雑談、飲み会、小旅行等で多々おもしろいことがあり、これを何とかして残したいと意見もあって、みんなで何かを書こうと言うことになった。

実際に仲間がそれぞれ経験したことを書くということであったが、いざとなればなかなか賛同してくれる人は少なく、結局三人になってしまった。おもしろい話、考えさせられる話、こんなことが本当にあったのかという話を中心に考えていたが、文章にすれば、おもしろくもなんともないということで削除したものも多い。

そうすれば話題が少なく、結局、エッセーあるいは自叙伝というようなものになってしまった。そこで知り合いとか教え子とかに読んでもらって、これからの人生での参考等としてでもなってくれればいいという気になった。

そこで自費出版ということを考え、世の中に出そうとしたが、何分初めてのことであるので、私の親友であるNさんに相談をしたら、さっそく知り合いのにじゅういち出版の代表取締役宮沢隆様を紹介していただいた。何回かの打ち合せの結果、思ったより立派な成果物が

あとがき

完成し、本当にありがたいことだと思っております。

したがってこの本ができたのはもちろん、Nさんのネットワークでいろいろと世話をしていただいたことがあってこそであり、またこれに賛同していただいた宮沢隆様、そして今回賛同していただいた親友の御協力があってこそであると考えている。

両氏には感謝を込めお礼を申し上げたい。また、実際に参加していただいた梅谷和道さんと黒瀬正憲さんにも感謝したいと思っている。最後に私の職業はどのようなものであるかも考えてほしいと思っています。

令和元年一一月一三日

北九州市小倉北区田町一〇番三八号

代表　田中 信孝

次世代・仲間たちへの伝言

2020年6月1日　第1版第1刷発行
定　　価　本体1,000円＋税
著　　者　田中　信孝
発 行 者　宮沢　　隆
発 行 所　株式会社にじゅういち出版
〒101-0032
東京都千代田区岩本町1-8-15
岩本町喜多ビル6階
TEL 03-5687-3477
FAX 03-5687-3660
HP　https://www.21-pub.co.jp/

印刷 / 株式会社 日本制作センター
※落丁・乱丁がございましたらお取替えいたします（送料弊社負担）
ISBN 978-4-904842-32-4